KB021659

우리는
도전을 즐겼다

이 책은 방일영문화재단의 지원을 받아
저술 · 출판(또는 연구·저술) 되었습니다.

머리말

2016년 10월 25일

TV조선 메인뉴스에서 시청자들에게 충격적인 영상이 방송되었다. 이 영상은 국정농단의 핵심인물로 주목받던 최순실이 한 의상실에 등장하여 박근혜 대통령 해외 순방 의상을 직접 챙기는 장면과 청와대 소속 행정관들이 최씨를 극진하게 상전 대하듯 하는 장면들이 담겨있던 바로 '박근혜 의상실 CCTV 영상'이다. 최씨가 비선 실세라는 의혹을 가질만한 충격적인 이 뉴스는 촛불 정국과 대통령 탄핵으로 이어지는 시초가 된 보도였다.

TV조선은 국정농단 사건 보도로 2016년 이달의 기자상을 3회 연속 수상하고 한국의 퓰리처상이라고 불리는 한국 기자상 대상을 비롯해 관훈클럽에서 제정한 관훈언론상에서도 권력감시 부문 대상을 수상했다.

의상실 CCTV 영상은 국내 방송사(지상파와 종편 뉴스채널)는 물론 주요 외신들까지 관련 보도를 하기 위해 해당 영상을 TV조선에 요청하는 등 일파만파 퍼져 나갔다. 영상 특종을 영상기자가 아닌 무인카메라가 했다고 해도 과언이 아니다. 이렇듯 영상기자가 직접 셔터를 누른 영상이 아니라도 누구든 얼마든지 영상 특종을 할 수 있다는 이야기이다. 텔레비전 보도 영상의 생산 주체가 영상기자의 몫이라는 인식이 무너지는 순간이기도 했다.

CCTV뿐만 아니라 블랙박스 영상도 마찬가지다. 무인카메라의 영상은 영상기자들과 속보라는 경쟁에서 절대 우위에 있다. 영상기자의 경우 사건 사고 발생 시 뉴스 현장에서 직접 촬영할 수 있다면 더욱 좋겠지만, 시간이 지난 현장에서는 영상을 먼저 촬영해야 할지 무인카메라의 영상을 찾아야 할지 영상을 어떻게 확보하고 어떻게 다루어야 하는가에 대한 역할까지 고민해야 할 문제이다.

이러한 영상기자들의 새로운 뉴스 생산방식의 변화는 통신과 디지털기기(모바일, MNG, 드론)의 발달에 따라 새로운 역할도 나타났다. 속보(1보)를 위해서는 스마트폰으로도 촬영해서 전송하기도 하며 생중계 뉴스의 강화로 MNG라는 이동형 중계방식을 해야만 했다. 촬영이 가능한 헬기의 공백은 드론이라는 새로운 장비로 대체해야 했고 고품질 영상을 위해 미러리스 카메라도 사용해야 했다.

이처럼 방송 장비의 발달은 영상기자들에게 과중한 업무로 이어졌고 특히, 신생사인 TV조선 영상기자들에게는 더욱 그러했다. 지상파 메이저 방송사들에 비해 턱없이 부족한 인력과 방송 장비, 신생 방송사로서 혁신이라는 명분 아래 피나는 노력을 해야만 했다.

최근 방송사들은 트위터 페이스북 유튜브 등 SNS에 올라오는 영상들을 앞다퉈 뉴스에 활용하고 있는 현실이다. 특히 사건 사고나 재난 보도일 경우 사용빈도는 더욱 높으며, 방송사들은 이런 제보 영상을 시청자들에게 요구하고 경쟁적으로 방송에 활용하는 문화가 정착되었다. 이러한 시청자들의 참여 문화는 유튜버의 등장으로 더욱 극대화되었고 이제는 선거 취재 현장까지도 유튜버들이 자신의 방송을 위해 생중계까지 하며 구독자를 확보하고 있다. 영상기자들에게 새로운 경쟁자인 셈이다.

이런 SNS 영상과 유튜버들의 영상을 활용할 때에는 방송사 자체에서 게이트키핑을 철저히 해야만 한다. 조작된 화면일 수도 있고 속보에 급한 나머지 저작권이나 초상권, 잔인한 현장, 사생활 침해 등 여과 없이 방송돼 법적 분쟁도 일으킬 수 있기 때문이다. 초상권과 알 권리의 싸움은 종합편성이 출범하면서 더욱 심화되었고 방송심의의 새로운 쟁점으로 부각 되었다. 실제로 몇몇 방송사들은 방송통신심의위원회로부터 지적과 경고, 벌점을 받은 바 있으며, 법원의 판례 또한 새롭게 늘어가고 있다.

결과적으로 사회는 영상기자들에게 초상권에 대한 인식의 대변화를 요구했다. 편집과정에서 모자이크 처리가 가능하다고 하지만 현장 취재에 앞서 신중한 접근이 필요하며 초상권 보호와 역사적 기록이라는 두 가지 인식의 갈등은 지금도 공존하고 있고, 풀어나가야 할

숙제이다.

지난 10여 년 넘게 TV조선 영상기자들은 어려운 환경 속에서도 도전과 실패를 반복하며 실력을 쌓아왔다. 우리는 바로 그 실패에서 정답을 찾았다. 새로운 뉴스 패러다임에 대한 적응과 수용의 자세가 필요하며 정확하고 공정성을 갖춘 영상취재를 바탕으로 보도 영상의 책임자가 되어야 한다는 것이다.

이제 8인의 영상책임자들이 현장에서 몸으로 느낀 경험과 종편 10년의 발자취를 영상이 아닌 글로써 이 책으로 옮겨 보았다. 보도 영상을 책임지고 있는 선임으로서 묵묵히 취재해준 후배들에게 고마움을 전하고 싶다.

다소 개인적 경험과 주관적인 견해가 있을지라도 이들의 열정과 노고로 기록된 이 책은 한국 보도영상 발전에 밑거름이 되리라 생각되는 바이다. 이 책이 나오기까지 도움을 준 방일영 문화재단과 묵묵히 격려해주신 김홍진 대표께 감사드린다.

2022년 10월 어느 날

박관우

Contents

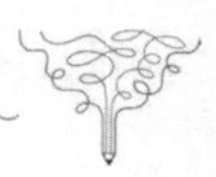

Contents

contents

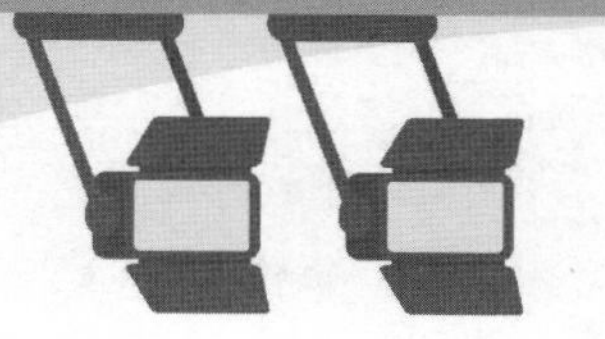
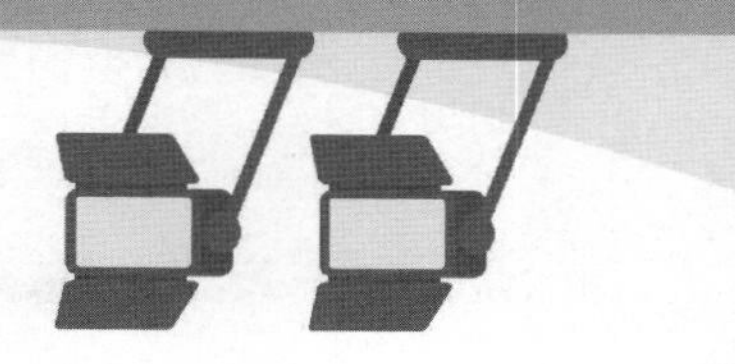

| Part 1 |

무인카메라가 특종을 빼앗다

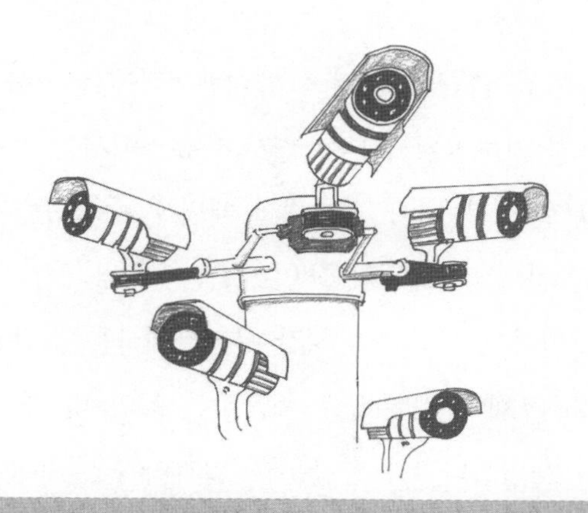

1. 무인카메라는 24시간 기록하고 있다

김동효

아침 출근길 아파트 엘리베이터에서 처음 만난 방범용 CCTV[01]. 출근길 지하철에서 본 사건사고 뉴스에서는 무인카메라로 범인을 잡았다고 한다. 뉴스가 지루해질 때면 자주 보는 유튜브 콘텐츠 또한 차량용 블랙박스로 잘잘못을 알려주는 채널.

2022년을 살아가는 우리는 매시간 무인카메라를 직간접적으로 접하게 된다. 필자는 집에서 사무실로 출근하는 동안 몇 개의 CCTV에 노출되는지 한번 세어봤다. 집 현관문을 열자마자 엘리베이터에서 만나는 첫 번째 CCTV부터 시작해서 횡단보도에 설치된 다목적 CCTV, 지하철 역사 내 설치된 CCTV, 그리고 지하철 내부에도 CCTV가 생기면서 이동하는 동안 CCTV에 노출되었고, 출근길 카페에서 한 번, 그리고 간단한 아침을 사기 위해 들른 편의점에서 또 한 번, 회사에서 도착해서 나를 반겨준 건 아무도 없는 엘리베이터 내에 있는 CCTV였다.

01_ Closed-circuit Television 폐쇄회로 텔레비전

한 시간 남짓한 출근길에서 여러 형태의 고정형 CCTV 20여 대에 노출되고 나서야 사무실 책상에 앉을 수 있었다. 이동하는 차량 혹은 주차된 차량의 블랙박스에 녹화된 영상까지 포함한다면 몇 대의 무인카메라에 녹화되었는지 셀 수도 없을 것이다. 현재를 살아가려면 어쩔 수 없이 일거수일투족이 감시당하고 기록당하는 느낌을 받게 된다.

요즘 TV 뉴스에서 많이 등장하는 단어 중의 하나가 바로 CCTV일 것이다. CCTV가 방송뉴스에서 사용되는 빈도는 점차 높아지고 있으며, 그만큼 우리의 일상이 깊숙이 녹아있다고 해도 과언은 아니다. CCTV를 포함한 무인카메라가 폭발적으로 늘어나면서 설치 목적에 맞는 순기능이 있지만 논란거리 또한 많다.

최근 CCTV 논란 중의 하나가 바로 수술실의 CCTV 설치일 것이다. 심심치 않게 나오는 의료 사고로 수술실 CCTV 설치를 의무화해야 한다는 목소리가 커지면서 찬반으로 나뉜 팽팽한 의견 대립으로 줄다리기 중이다.

2023년 9월 25일부터 시행되는 수술실에 CCTV를 설치하여 의사가 환자에게 수술을 집도하는 장면을 촬영하여 수술 내용에 대한 영상증거 등을 남기도록 의무화하는 의료법 개정안과 이에 대한 찬반 논란에 해결점을 찾지 못하고 있다. CCTV 의무화에 반대하는 입장은 선진국을 포함한 어떤 나라도 수술실에 CCTV 설치를 의무화하지 않았고 환자가 의사를 믿지 못하고 잠재적인 범죄자 취급을 받으며 감시당한다는 느낌으로 수술을 하게 된다고 말한다. 대다수의 선량한 의사들은 환자를 위해 최고의 실력을 발휘해 수술하는데 카메라 아래에서 수술 행위 자체가 소극적으로 변할 수도 있다는 것이다. 2019년 5월

30일 국회도서관 대강당 수술실 CCTV 의무화 관련 토론회장에서 박종혁 의사협회 홍보이사는 '단순히 CCTV 카메라 한 대를 설치하는 문제가 아니라 의료 문화 전반이 바뀌는 문제'라며 '생존 확률 5%만 돼도 살 기회가 있는 것인데, 소송을 생각해 보수적으로 판단하면 그냥 사망하게 되는 것'이라며 진료환경 위축을 우려했다. 이날 토론회에 참석한 의사협회는 산부인과와 항문외과 진료 사진을 여러 장 공개하기도 했다. 해외에서 해킹으로 유출된 사진으로 CCTV 의무화 반대 근거로 해킹 위험을 들기도 했다.[02]

수술실 CCTV 의무화 찬성하는 쪽은 이미 의무화된 어린이집 CCTV와 비교를 한다. 언어 표현이 서툰 아이들처럼 마취가 된 환자 또한 무자격자 대리수술, 성희롱과 같은 성범죄 등 불법적인 상황이 수술실 내부에서 일어날 경우 대처가 어렵다는 것이다. 류영철 경기도 보건복지국장은 수술실 CCTV와 유사한 사례로 차량용 블랙박스를 들었다. "개인정보 유출, 혹은 사고 시 나의 잘못을 입증하는 도구가 될 수 있지만, 대다수 사람들은 혹시라도 억울한 일을 당할까 봐 블랙박스를 장착한다."라는 것이다. 류 국장은 의료사고 예방은 물론, 의료사고가 나더라도 의사가 최선을 다해 환자를 돌봤다는 상황을 증명해주는 자료로도 쓰일 수 있다며 CCTV 의무화를 찬성했다.

물과 기름처럼 서로 팽팽하게 맞선 주장에도 공통된 의견이 모이는 부분은 대리 수술, 성범죄 등 수술실에서 일어나는 불법행위에 대해서는 엄단할 필요가 있다는 것이다. 의료계는 CCTV의 궁극적 설치 목적인 환자와 의사 모두의 인격권 보호와 의료 사고 예방과 대처에 도움이

02_ 김연주 2019. 6. 2. '수술실 CCTV, '91%'에 담긴 진실은?' KBS 기사

되는 길에 조금씩 합의점을 찾아가는 중이다.

차량용 블랙박스는 또 어떠한가? 블랙박스의 주된 역할이 있긴 하지만 택시를 타거나 개인 승용차 혹은 업무용 차량에 탄 내 모습은 더 이상 비밀이 될 수 없다. 블랙박스는 내가 어디서 타고 어디서 내렸는지 차량 안에서 어떤 대화를 하는 처음부터 끝까지 다 녹화를 하고 있다. 블랙박스의 영상은 법무부 차관을 낙마시키고 사건사고 당시 상황을 가감 없이 보여주는 파급력을 가지기도 한다.

영상을 기록하고 저장하는 무인카메라가 방송뉴스라는 미디어와 연결돼 범죄예방과 해결, 재난관리와 극복, 사건사고의 대한 정보 제공, 공적 사안에 관한 탐사보도와 알권리 충족 등 긍정적 가치를 발현하고 있다. 반면 초상권, 음성권, 통신비밀의 침해를 비롯해 개인의 명예를 훼손할 가능성 또한 크다. (이승선, 2017)

이렇듯 동전의 양면 같은 무인카메라 영상을 뉴스 리포트에 활용하기 위해서는 취재기자, 영상기자, 편집기자 모두가 고민에 고민을 거듭해야 한다.

CCTV 자료

2. 그날의 특종은 CCTV 영상이었다

김동효

"피청구인 대통령 박근혜를 파면한다."

2017년 3월 10일, 헌법재판소는 박근혜 대통령과 비선 측근 최순실 씨의 국정농단을 '대통령 탄핵'으로 심판했다. 첫 시작은 기업에서 강제 모금을 진행한 미르재단과 K스포츠재단 설립 등이었다. TV조선이 미르재단과 K스포츠재단의 문제점이 대해서 연일 보도를 할 때만 해도 다른 언론이나 국민들의 관심이 크지 않았던 것이 사실이다. 가끔씩 뉴스에 나오는 공직자의 비리로만 생각했을지도 모르겠다. 하지만 TV조선은 국정농단이라는 큰 그림을 그리며 차분히 후속보도를 준비하고 있었고, 국정농단의 스모킹 건으로 생각하는 것 중 하나가 바로 최순실 씨의 의상실 CCTV 영상이었다. 이 영상은 국정농단 사건을 접하면서 국민들의 충격이 받은 영상 중의 하나였을 것이다. 한때 의상실 영상이 몰래카메라가 아니냐는 논란도 있었지만, 법적인 문제가 없는

CCTV 영상임이 밝혀지기도 했다.

최순실 씨가 박근혜 대통령을 근접 경호했던 청와대 행정관을 데리고 있는 모습이 포착했다. 최씨와 동행한 행정관은 공손한 자세로 최씨를 대한다. CCTV에 등장하는 한 남성은 당시에 쓰지도 않을 것 같은 구형 핸드폰을 옷에 문질러 닦은 뒤 최씨에게 건넨다. 통화가 끝난 최씨는 일상적이듯 돌아보지도 않고 핸드폰을 다시 남자에게 건네고 남자는 황급히 전화기를 돌려받는다. CCTV 영상 속 최순실 씨는 의상을 이리저리 보면서 디자인을 변경하듯이 손짓을 하기도 한다.

최순실의 국정농단을 취재하기 위해 TF팀에 속해 있던 영상취재부의 영상기자는 당시 상황을 이렇게 전달했다. 당시 TF팀의 팀장이 CCTV 영상을 구해 왔다고 했다. 그걸 TF팀과 함께 보는데 분량이 상당했다고 했다. 확보한 영상은 한 달 정도의 의상실 영상이었다. CCTV의 타임코드를 보면서 영상에 나오는 옷을 정말로 박근혜 대통령이 입었는지 청와대를 출입하는 기자들이 취재해온 영상이나 사진들을 보면서 일일이 대조했다고 한다. 해외순방을 가거나 대통령의 국내 공식행사 때 의상실에 봤던 재킷과 똑같은 옷들이 하나씩 나오면서 순간 짜릿하면서도 한편으로는 씁쓸했다고 한다. 이렇게 의상실 CCTV에 나온 옷들을 하나씩 대조해 보면서 반박할 수 없는 뉴스 아이템들을 하나씩 만들어 가고 있었다.

처음 CCTV 영상을 봤을 땐 '대통령도 사람인데 친분이 있으면 옷을 좀 골라줄 수 있는 것 아닌가?'라는 생각을 가진 적도 있다고 했다. 하지만 검찰 조사에서 박근혜 전 대통령이 전직 국정원장으로부터 수십억 원의 돈을 받았고, 법원은 그 일부가 의상실 유지비 등으로 사용됐다고 판단했다.

최순실 씨가 비선실세고 외부 의상실에서 의상을 제작해 대통령이 입는다고 한들 공허만 소리로 들릴 수도 있다. 하지만 앞선 내용을 입증할 수 있는 영상이 있다면 상황은 달라진다. 그게 바로 뉴스 영상의 힘이다. 영상기자들이 발로 뛰며 취재한 영상만 뉴스에 쓰이는 시대는 저물고 있다. 개인 휴대폰과 차량용 블랙박스, CCTV 등 수천만 대의 영상 저장장치들이 전국 곳곳을 촬영하며 녹화를 하고 있다. 4K 수준의 영상을 보는 시대지만 화질이 조금 떨어지고 영상미가 떨어지는 구도에 피사체가 있다고 한들 뉴스의 가치를 지니는 시대가 온 것이다.

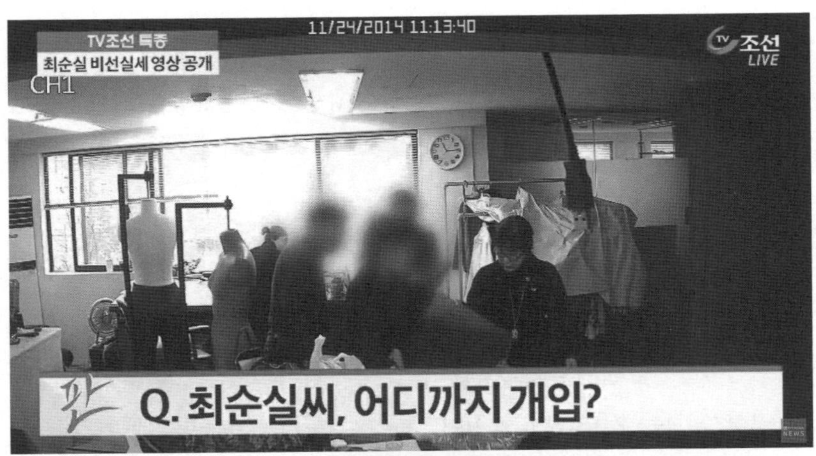

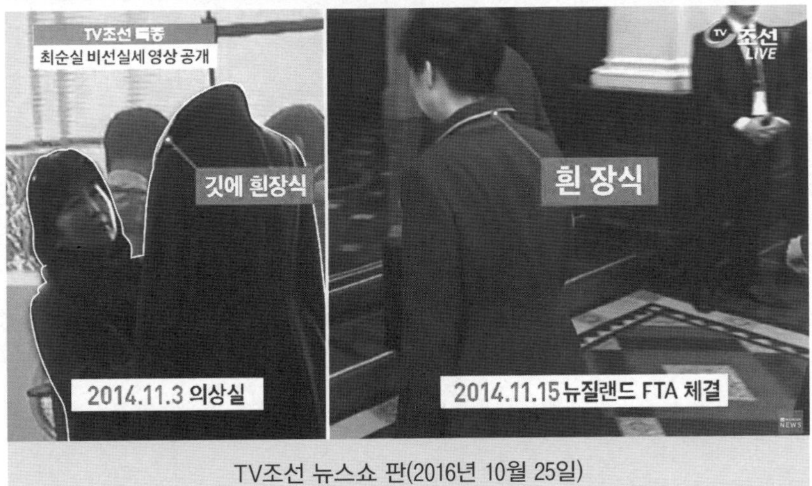

TV조선 뉴스쇼 판(2016년 10월 25일)

TV조선 뉴스쇼 판 최순실 CCTV 리포트(2016. 10. 25.)

3. 눈물짓게 한 그 날의 CCTV 영상

한용식

서울특별시 양천구에 사는 한 부부가 입양한 8개월 여아에게 장기간 학대를 가해 피해 아동을 사망한 사건인 정인이 사건. 관할 서장이 경질되고 당시 김창룡 경찰청장이 고개를 숙이며 대국민 사과를 했을 정도로 국민적 공분이 컸던 사건이다.

2020년 5월 25일 최초 아동학대 의심 신고를 시작으로 9월까지 3번의 아동학대 신고가 있었지만, 그해 10월 13일 생후 293일 만에, 그리고 입양된 지 254일 만에 병원에서 정인이는 숨지고 만다.

2021년 1월 11일은 아동학대로 세상을 떠난 정인이의 첫 공판을 이틀 앞둔 날이었다. 신문과 방송은 아침부터 밤늦게까지 아동학대 관련 뉴스로 도배할 정도로 국민적 관심이 많았던 시기였다. 정치권과 시민단체는 엄벌을 촉구하는 목소리를 높였고 온라인에서는 '#정인아미안해'라는 해시태그 운동이 확산되고 있었다.

떠들썩했던 그 날 점심시간, 필자는 오랜 지인으로부터 안부 연락을 받았다. 수화기 너머로 들여온 오랜 지인의 목소리는 무겁지만 다급한 목소리였다.

"혹시 정인이 사건에 관심 있어? 정인이 사건 관련해서 CCTV 영상이 하나 있는데 다른 방송사에 제보하려다가 생각이 나서 먼저 연락을 했어…. 관심 없으면 다른 방송사에 제보하려고…."

"어떤 영상인지 확인을 좀 해야 할 것 같은데요"

"나도 아직 보진 못했는데 영상을 가지고 있는 사람이 여러 군데 공유하는 건 꺼려서…. 지금까지 공개되지 않은 영상이라는데 꼭 방송을 해야 한다는 조건에서만 공유를 해준다는 게 조건이야. 뉴스에 나가게 해준다면 영상 공유를 꼭 약속할게."

참으로 감사한 일이다. 얼굴을 자주 보진 못했지만 자신을 잊지 않고 기억해 중요한 사건의 영상을 제보해 준다니 말이다. 시청률이 좀 더 나오는 지상파 방송국에 제보해도 될 텐데 말이다. 일단 영상을 확보하고 싶은 욕심에 다른 방송사에는 연락하지 말고 자신이 꼭 뉴스에 나갈 수 있도록 돕겠다고 말하고 짧은 통화를 마쳤다.

CCTV 영상 제보자는 여러 차례에 걸친 아동학대 의심 신고에도 양부모는 누가 들어도 말이 안 되는 변명을 계속하고 있었고, 이에 경찰은 양부모의 말만 믿고 수사에 적극적이지 않은 모습에 실망했고 화가 났다고 했다. 제보자는 고심 끝에 첫 재판을 앞둔 시점에 제보하게 되었다고 했다.

뉴스 취재 현장에서 영상기자와 취재기자의 협업은 어느 무엇보다 중요하다. 영상기자와 취재기자, 취재기자와 영상기자 서로가 훌륭한 파트너가 되어야만 퀄리티 있는 뉴스 아이템이 완성된다.

기다리던 CCTV 영상을 입수했다. 받자마자 영상을 확인할 새도 없이 훌륭한 파트너가 되어 줄 취재기자에게 영상을 공유했다. 우리 모두가 분노를 금치 못했던 정인이 엘리베이터 영상이었다. 동영상은 사내 엘리베이터 CCTV 영상으로, 정인이와 양모, 정인이 언니가 양부의 회사를 방문했을 때의 영상으로 확인됐다. 35초의 짧다면 짧은, 길다면 긴 분량의 영상이었지만 처음부터 끝까지 충격 그 자체였다. 엘리베이터 문이 열리고 사람이 내리자 정인이가 탄 유모차를 엘리베이터 안으로 밀어버렸다. 이 충격으로 정인이는 목이 뒤로 꺾이고 유모차는 그대로 벽에 부딪힌다. 불안한 듯 정인이는 유모차 손잡이를 꼭 붙잡은 채 놓지 않았고, 문이 열리자 또다시 유모차를 거세게 밀어 이젠 정인이가 버티지 못하고 다리가 하늘로 향할 만큼 뒤로 자빠지는 영상이었다.

영상을 본 뒤 취재기자에게 연락을 했다. "영상 확인했어?"

"충격적이라 말을 할 수가 없을 정도예요, 일상처럼 체념하고 받아들이는 정인이의 표정이 더 마음이 아프네요. 뉴스로 내보낼 수 있어요. 제보자 연락처 좀 주세요"

"제보자가 신분 노출 때문에 심적으로 많이 힘든가 봐. 다시 연락해 볼게."

동영상을 전달해준 지인을 통해 제보자의 연락처를 받으려고 했지만 메일 주소를 얻는데 만족할 수밖에 없었고, 메일을 통해서 사전취재를 마쳤다.

TV조선 뉴스9(2021년 1월 21일)

사전 취재를 마치고 다음날 오전이 되었다. 메인 뉴스 아이템 회의에서 정인이 관련 단독영상 존재를 알렸다. 보도본부가 술렁였다. 첫 공판을 앞둔 날이라 시의성도 적절했지만, 양모의 아동학대가 담긴 영상은 처음이었기 때문이었다. 당시 공개된 영상과 사진은 정인이가 입양되기 전 해맑게 웃는 사진과 입양 후 학대에 시달리며 신음하며 아파하는 사진과 영상뿐이었다. 실제로 양부모가 정인이를 학대했다고 보이는 영상은 없었고 증언에 의한 정황 보도뿐이었다. 아동학대로 보이는 CCTV 영상이 공개되면 파급력이 클 것이라 예상되어 정인이 관련 리포트가 3개로 늘어났다.

엘리베이터 CCTV 단독영상과 더불어 현장 취재영상을 추가해 제보자가 바라던 당일 메인 뉴스로 내보냈다. 예상대로 방송 이후 파급력은 컸다. 대한민국 국민이라면 모두가 관심이었던 사건인 만큼 뉴스 영상은 급속도로 퍼져 나갔고 많은 언론사가 기사와 영상을 받아서 썼다.

맘카페는 물론이고 정치권, 시민단체 할 것 없이 모든 국민들이 학대 영상을 보고 분노하며 눈물을 흘렸다. 첫 공판이 있던 날 법원 앞에는 많은 시민들이 모여서 정인이를 추모하고 양부모를 비판하는 집회를 열었다. 그날 35초짜리 CCTV 영상이 대한민국 국민들을 분노케 하고 눈물짓게 했다.

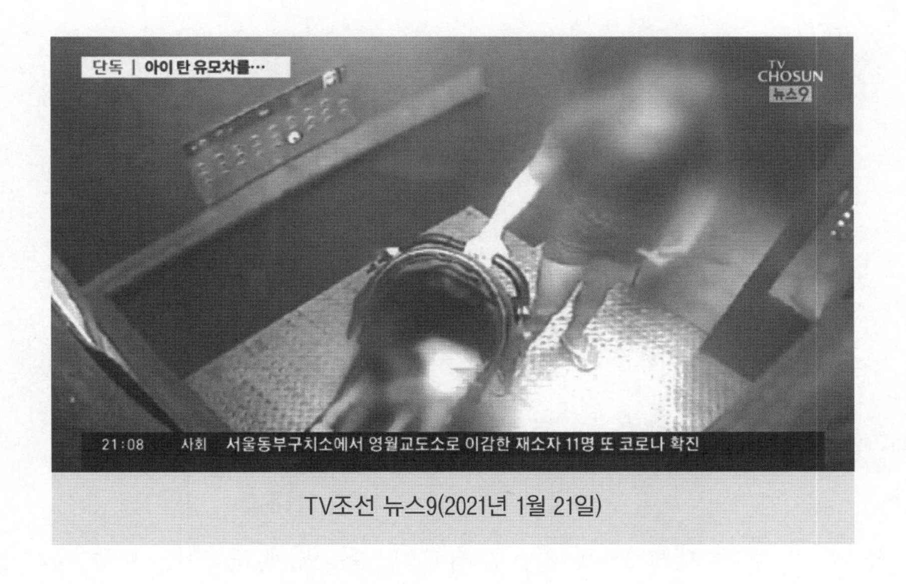

TV조선 뉴스9(2021년 1월 21일)

TV조선 뉴스9(2021년 1월 21일)

4. 영상기자는 누구와 경쟁하는가?

김동효

퇴근 후 집으로 가기 위해 자가용으로 이용할 수 있고 지하철과 버스를 이용할 수도 있다. 조금 더 편하게 가려면 비용이 들더라도 택시를 이용할 수도 있다. 2020년 11월 6일 법무부 차관이 될 당시 이용구 변호사도 집으로 가기 위해 택시를 탔다.

취기가 오른 이용구 변호사는 강남역 부근 차내에서 한 차례 욕을 했다고 한다. 택시기사는 일단 무시했으나 목적지에 도착했을 무렵 재차 욕설 및 폭행을 당했다고 한다. 택시기사는 경찰에 신고했으나 경찰은 차가 멈춘 상태였고, 피해자가 처벌을 원치 않았다며 내사종결 처리하였다.

이용구 변호사가 2020년 12월 2일 법무부 차관으로 내정되면서 택시기사 폭행사건이 다시 조명되기 시작했다.[03] 기자들의 취재가 시작되

03_ 허유진 권순완 2020. 12. 19. '[단독] 이용구 법무차관, 택시기사 욕설·폭행…경찰, 내사종결로 끝내' 조선일보 기사

자 처음 듣는 소리라는 반응을 보인 이용구 차관.[04] 하지만 점점 사건이 커지자 사표를 제출하고 택시기사에게 사과하게 된다. 진실공방을 벌이겠다고 했지만 스모킹 건인 블랙박스 영상이 방송사 뉴스에 나오자 사건을 지켜보던 청와대에서 이용구 차관의 사표를 수리한다.

이처럼 결정적인 스모킹 건인 블랙박스 영상이 없었다면 어땠을까? 법무부 차관과 택시기사의 법정 다툼에서 상대적 약자인 택시기사는 법정 다툼을 시작하지 않았을 수도 있다. 하지만 블랙박스 영상이 있었기에 방송사에 제보하여 자신이 당한 일에 대해 사회에 호소할 수 있었다.

차량에 장착하는 블랙박스는 본질과 다르게 방송사 뉴스에 다양하게 사용되고 있다. 주행 자료 자동 기록 장치인 블랙박스는 사고가 났을 때 그 원인을 밝히는 데 주로 사용되지만 화질이 FHD(Full High-Hefinition)급으로 개선되어 방송뉴스 사용이 심심치 않게 되고 있다.

광주광역시 동구 학동 재개발사업 정비 4구역 철거 건물 붕괴 사고를 많은 분들이 기억할 것이다. 17명의 사상자를 낸 이 사건은 뉴스를 하는 모든 방송사가 메인 뉴스에서 리포트 또는 현장중계를 할 정도로 관심도가 높았다.

04_ 허유진 권순완 2020. 12. 20. '[단독] "택시기사 왜 때렸나?" 기자가 묻자...이용구 "무슨 소린지."' 조선일보 기사

TV조선 뉴스9(2021년 6월 9일)

기자들이 현장에 빨리 도착한다고 했지만 사건사고 상황은 끝이 났다. 그래서 당시의 CCTV와 블랙박스 등의 무인카메라 영상은 목격자 증언과 함께 사고의 원인을 밝히는 데 주요하게 활용된다. 광주광역시에서 일어난 사고를 보면 건물이 무너지고 나서의 ENG 카메라 취재 영상만 있다면 사고 당시의 상황을 설명하기에 한계가 있을 것이다. 목격자의 증언은 자신의 주관적인 견해가 들어갈 수 있으나 CCTV와 블랙박스 영상은 악의적인 편집이 없는 한 사실 그대로 보여준다.

2012년 8월 대한민국 금융의 중심지인 여의도에서 칼부림 사건이 났다. 한 신용정보회사를 퇴사한 피의자는 자신을 험담한 전 직장 동료들에게 복수할 목적으로 미리 흉기를 준비해 휘둘렀고, 사건 현장에서 피의자를 제지하던 시민들에게도 중상을 입혔다. 이 사건은 현장을 목격한 시민들은 물론이고 뉴스를 본 시청자들도 적지 않게 충격을 받았다.

이런 사건사고 리포트를 제작하기 위해선 무인카메라 영상이 필요하다. 글로 현장을 묘사하는 것보다 CCTV나 블랙박스에 찍힌 영상이 시청자에게 급박한 당시 상황을 명확히 전달할 수 있다.

TV조선 뉴스 날(2012년 8월 23일)

위와 같이 무인카메라는 우리의 일상 속 직간접적으로 깊숙이 들어와 있다. 방송뉴스에서는 하루의 교통상황부터 시작해 화재현장, 범죄 사건사고 리포트 등에 두루 사용되고 있다. 필자가 기자생활을 시작한 때는 2008년이다. 당시만 해도 경찰서 유치장에 있는 피의자를 취재할 수 있도록 경찰서 사무실에 불러 인터뷰 아닌 인터뷰도 하고 조서를 꾸미는 모습들을 취재할 수 있었지만, 요즘은 피의자의 인권보호 차원에서 절대 그럴 수 없다.

사건 당시의 심경을 피의자한테 듣는 것이 당시 현장의 상황을 이해할 수 있는 방법 중 하나였지만 그것이 안 된다고 하면, 차선책은 사건의 흔적이 담긴 CCTV나 블랙박스 영상일 것이다. 요즘 기자들은 사건사고 현장에 가면 목격자를 찾고 현장에 집중하는 것뿐만 아니라 당시 상황이 담긴 무인카메라가 존재하는지부터 찾는 게 당연한 일이 되었다. 현장 취재의 방식이 바뀐 것이다. 필자가 만난 한 사회부 기자는 사건사고 현장에서 무인카메라 영상을 확보하지 못하면 리포트를 하지 않는 경우도 있다고 한다.

다른 취재기자는 범죄 관련 무인카메라 영상을 단독으로 확보하게 되면 사건 관련 확인을 꺼리는 성향의 취재원(경찰관계자)이라도 사건을 취재하기가 쉽다고 했다. 범행 장면이 그대로 담긴 영상이 좋았기 때문에 사실 확인이 없이 자체로 보도할 수 있다는 식으로 취재원을 설득하기도 용이하고, 검거 이후의 상황에 대해 자연스럽게 물어볼 수 있는 계기가 되기 때문이라고 했다.

이 취재기자 역시 사건사고 리포트에서는 무인카메라 영상 확보 유무가 리포트의 제작 여부를 절반 이상 차지한다고 했다.

당시의 상황을 정확히 보여주고 판단할 수 있는 근거를 만드는 것은 취재기자들의 글과 영상기자들이 취재한 영상, 더불어 무인카메라라고 할 정도다. 이제는 무인카메라의 영상 없이는 뉴스를 할 수 없을 정도라고 해도 과언은 아니다. 이제 영상기자들은 완성도 있는 뉴스 영상을 위해 타사 영상기자들과의 싸움뿐 아니라 전국의 무인카메라와의 싸움이 시작되었고 현재도 진행 중이다.

“경기도의 한 물류창고 화재현장에 도착했을 때 큰 불길은 거의 잡힌 상태였어요. 보도를 위해 하늘을 뒤덮은 연기, 잔불들, 불에 탄 흔적, 녹아내린 샌드위치 패널, 소방관들, 응급차, 경찰, 대피한 직원들 등 화재사고의 정황을 다양하게 영상으로 담아냈습니다. 가장 긴박했던 순간이 지났던 만큼 영상취재에 더 공을 들였어요. 하지만 최종 방송된 리포트에 주로 사용된 영상은 제 것이 아닌 발화 순간의 CCTV 영상과 불이 켰을 때 스마트폰으로 촬영된 제보 영상이었어요. 뒤늦게 확보된 영상들이었습니다. CCTV 영상에 발화원인이란 팩트 그 자체가 담겼고, 더 위급했던 순간이 보였기에 리포트의 질은 사실 전달과 시청자에게 경각심을 준다는 것에선 좋아졌지만, 내심 노력을 쏟았던 만큼 아쉽기도 했죠.”

– 최낙도 TV조선 영상취재2부 기자

TV조선 뉴스9 광주 붕괴 리포트(2021. 6. 9.)

TV조선 뉴스날 여의도 칼부림 리포트(2012. 8. 23.)

contents

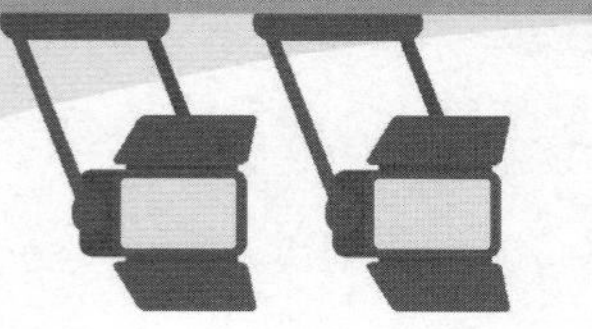

| Part 2 |

우리는…, 없었다

1. 우리는 중계차가 없었다

윤영철

영상기자와 무인카메라와의 전쟁이 있었다면 LIVE 중계 시스템 분야에선 지상파의 중계차를 필두로 하는 SNG 중계 시스템과 종편의 MNG 중계 시스템 간의 전쟁이 시작되었다. 새로운 기술의 발전은 TV조선의 이름을 각인시키는 데 좋은 도구가 되었다.

"조선방송?"

2011년 종합편성채널이 출범하고, 기존 방송 3개 사 KBS, MBC, SBS 그리고 뉴스 전문 채널 YTN과 경쟁을 해야 했다. 2011년 출범 초기 TV조선에 대한 사람들의 인지도는 전무했다. 그도 그럴 것이 사람들에게 임팩트 있는 것을 보여주지 못했기 때문이다. TV조선은 타 방송사들과의 경쟁에서 무엇인가 보여줄 수 있는 우리만의 무기를 만들어야 했다.

바로, '생중계 강화'.

기존 뉴스는 낮에 취재하고 메인 뉴스에 정돈된 편집본을 보여주는 방식이었다. 이제는 그 틀을 깨고 생생한 생중계 화면과 뉴스를 시청자들에게 전달하는 방식으로 우리만의 색을 보여주고자 하였다. 정오 뉴스의 활용과 긴박한 사건 사고 시엔 특보를 편성하여 생생한 사건 사고 현장 및 기자회견을 생중계하였다. '전두환 전 대통령 자택 압수수색 생중계', '민중총궐기 태극기집회', '나로호 발사 생중계' 등 굵직한 사건 사고 현장을 생중계함으로써 시청자들에게 TV조선이라는 네이밍(naming)을 각인시킬 수 있었다. 이런 굵직한 사건 사고 현장을 생중계하는 데 성공만 있었던 것은 아니다. 각 사건 사고마다 기술적 한계에 부딪혔고, 기술적 한계를 영상기자의 기지를 통해서 발전시켜나갔다. 이런 데이터가 쌓여 생중계 성공 확률을 높였다. 부조정실의 기술 스텝, 스튜디오의 PD, 현장 기자들의 노하우가 쌓여 원활한 생중계 방송이 되는 데 일조하였다. 패기 넘치는 젊은 스텝과 노련한 기자들의 노하우는 폭발적인 시너지를 창조하였다. 생중계 강화를 위한 실패와 도전들을 취재기를 통해서 소개하고자 한다.

1) 생중계의 간절함

멀리 떨어진 사고 현장에서 방송국까지 송출하는 기술은 최첨단의 기술이었다. 테이프 녹화방식에서 디지털 녹화방식으로 전환된 기술도 대단하였지만, 디지털 영상을 실시간으로 방송한다는 것은 실로 대단한 일이었다. 지금이야 통신 기술의 발전으로 휴대폰으로도 생중계할 수 있는 것이 보편화된 일상이 되었지만 10년 전만 해도 이런 기술은 쉽게 할 수 없었고, 위험도 많이 따랐다. 신생 방송사가 방송사고의 위험을 안고 생중계를 하기엔 위험부담이 많이 컸다. 이러한 방송사고의 위험을 줄일 방법은 안정화된 기계와 방법을 따르는 것이었다. 물론 좋은 장비와 안정화된 기계를 사용하는 것이 가장 이상적인 방법이겠지만, 문제는 바로 경제적인 비용이었다.

대형 중계차

대형 중계차 내부에 설치된 컨트롤 장비

2011년 당시만 해도 타 방송사에서 주로 사용하는 생중계 방식은 C 밴드[01], Ku 밴드[02] 위성통신 주파수를 활용한 중계차 송출 시스템이었다(Satellite News Gathering, SNG 위성 이동중계). 위성통신망의 사용과 많은 인력, 중계차라는 부피가 큰 이동 수단, 이 모든 것들은 신생 방송사가

01_ 주파수 대역 또는 파장에 따라 아래와 같은 관례적인 대역 구분 명칭 이동통신에서의 C Band: 0.5~1GHz

02_ 위성통신, 위성방송 등에 이용되는 마이크로파 대역의 주파수 대역을 의미하는 관례적 용어Ku 밴드: 12~18GHz(또는 10~18GHz)

사용하기엔 경제적 부담이 컸다. 많은 인력과 비용은 생중계할 때 항상 문제가 되었다.

그렇다고 가만히 있을 순 없었다. 우리는 절실했고 새로운 방법을 찾고자 노력하였다. 우리는 간절했다. 우리에겐 중계차가 없었다. 우리에겐 인력도 없었다. 하지만 젊은 영상기자들에겐 패기가 있었고 간절함이 있었다. 이러한 간절함은 새로운 기술과 문물을 받아들일 수 있는 용기를 심어주었다. 절실했던 우리에게 무기가 될 수 있는 기술이 발명되었다. 바로 MNG[03]라고 불리는 이동통신망을 활용한 영상 송출 장비였다. 새로운 기술에는 단점이 있는 법. 공영무선망을 활용한 송출 방법이었기 때문에 불안한 신호가 단점이 되었다. MNG를 활용한 신생 장비 업체는 TVU, Live-U였다.

초창기 TVUPACK 모습

03_ Mobile News Gathering, 방송용 카메라 등으로 취재한 영상물을 엘티이(LTE)와 같은 무선 통신망으로 전송하는 방식. 방송용 카메라에 엘티이(LTE), 와이브로(WiBro), 와이파이(Wi-Fi) 등에 접속할 수 있는 장비가 부착되어 촬영한 영상을 무선 통신망으로 전송할 수 있다.

MNG의 최대의 장점을 꼽으라면 취재 현장을 신속하게 중계로 전환하여 생방송에 반영할 수 있다는 점이다. 기존의 방식인 중계차로 중계하려면 최소 몇 시간 또는 며칠 전에 중계차 주차공간을 확보해야 했다. 기본 10여 명 이상의 스텝이 모여 100M 이상의 장소에 광케이블을 최소 3~4개를 설치해야 하고 광케이블을 보호할 덮개를 덮어줘야 하며 30kg 이상의 카메라 3~4대를 옮겨 설치해야 했다. 하지만 TVU 중계의 경우 BNC[04] 라인 하나만 연결하면 설치는 완료되었다. 마지막으로 부조와 신호 테스트만 하면 끝이었다. 과정과 시간이 모두 단축되는 셈이었다. 중계를 담당하는 인력 또한 축소되었다.

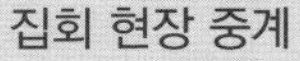
집회 현장 중계

소형화된 MNG 모습

이제는 소형 장비와 적은 인력으로 생중계할 수 있게 되었다. 이런 이유로 보도 부분에서는 MNG의 파급력이 높아졌다. 하지만 그만큼 현장에서 취재뿐 아니라 중계업무까지 담당하게 된 영상기자에겐 조금

04_ Bayonet Neil-Concelman 또는 British Naval Connector의 약자. 일반적으로 동축(coaxial) 케이블의 커넥터로 사용. 색상이나 문자의 가독성을 좀 더 나아지게 하는 기능을 갖고 있음.

더 과중한 업무가 주어진 셈이 되었다. 중계차보다는 가볍지만 그만큼 영상기자가 해내어야 할 몫이 늘어나게 된 것이다. 장비의 무게가 늘어났으며 MNG의 단점이기도 한 불안정성 또한 현장에서 추가로 고민해야 할 문제점으로 떠올랐다.

2) 우리는 실패를 즐겼다

초기 MNG를 활용한 이동통신망은 3G 통신망이었다. 그 당시에 3G 통신망은 혁신적인 기술이었지만, 영상을 안정적으로 송출하는 데 수많은 난관이 있었다. 안정적으로 송출이 가능한 장소라고 판단했음에도 중간에 영상 신호가 끊겨 검은 화면이 뉴스에 나오게 되는 방송사고가 나기도 했다. 하지만 우리는 이런 방송사고에 대해 걱정을 하기보다 방송사고도 하나의 NEWS라고 생각하며 취재하였다. 현장에서 방송사고 발생 시 취재기자와 스튜디오의 앵커는 슬기롭게 방송을 이어갔다. 이 또한 하나의 과정이라 생각했다. 큰 위험부담을 갖고 있는 생중계 방송을 이어갈 수 있었던 데에는 당시 보도본부장과 앵커와 현장기자들의 협의가 필요했다. 영상 신호가 좋지 않아 끊겼을 때 대응하는 기술도 날로 늘어갔다. 방송사고에 대한 부담감으로 새로운 기술을 시도하지 않았다면 지금 우리의 노하우는 쌓이지 않았으리라 생각된다. 영상취재와 생중계의 중간 지점을 타협하는 과정은 현장에 있던 영상기자들과 취재 AD, 그리고 부조정실 스텝과의 협업으로 점차 간극을 줄일 수 있었다.

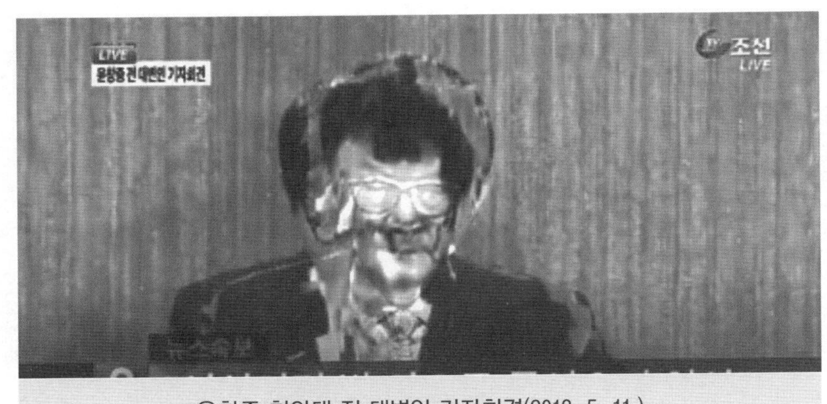

윤창중 청와대 전 대변인 기자회견(2013. 5. 11.)

이제 영상기자는 멀티 영상기자라는 이름이 어울릴 만큼 많은 부분에 있어 책임을 지게 되었다. 기존의 영상기자의 역할은 영상취재라는 본연의 기자로서 역할을 한 후 방송국에 촬영 영상물을 인제스트(Ingest)실에 맡기면 끝이었다. 하지만 MNG의 발달로 현장에서 추가적인 역할이 생기게 되었다. 기술적 파트에 관한 논의와 현장 판단력이었다. 이제는 좋은 장소에서 영상을 취재하는 것과 더불어 생중계가 가능한 장소 확보와 기술적인 부분까지 신경 써야 했다. 또 하나의 역할이 추가되었다.

초기 MNG 모델의 부피는 컸고 중량도 무거웠다. 초창기 휴대폰을 생각하면 이해하기 쉬울 것 같다. LTE 속도가 좋아졌다 한들 인파가 많이 몰린 곳에서는 안정적인 영상 송출을 할 수 없었다. 이를 타개할 방법으로 실시간 대신 10초의 영상이 전송될 수 있는 간격을 두어 딜레이 송출을 하기로 하였다. 이 역시 주조와 연락을 취해 속도와 화질

조절해서 방송에 최적화한 화질과 속도를 잡아서 현장 생중계를 진행하였다. 우리는 취재 현장에 남들보다 먼저 도착하여 통신 속도 체크와 향후 인파가 몰릴 시를 가정한 시뮬레이션 또한 진행하였다. 무엇보다 공영통신망을 사용하니 안정적인 통신망 확보를 위해 유선 통신망을 사용할 수 있는지에 체크도 필수였다. 만약 현장의 속도가 지하나 통신망의 업로드 속도가 잘 나오지 않는 환경이라면 긴 BNC 연장 케이블을 통하여 지상에 MNG 장비를 설치하는 등 노하우를 쌓아갔다. 우리는 절실했기 때문이다. TV조선 영상취재부는 현장 생중계를 중점으로 진행하는 MNG 팀을 운영하였다. 이들은 청와대, 국회, 검찰, 국방부, 사회부 등 현장 생중계를 중점적으로 하면서도 영상 취재도 겸하는 팀을 꾸렸다. MNG 장비를 활용한 장비에 대한 노하우는 현장 경험이 많은 사람이 유리하였기 때문이었다. 팀이 생기니 MNG 장비에 관한 탐구로 이뤄졌고 현장에서 사용하면서 발생했던 오류나 사고는 그대로 장비 업체로 전달되어 수정되어 전달되기도 하였다. TV조선의 영상취재부 영상기자들은 본인들이 영상기자의 역할, 엔지니어의 역할, 중계카메라 감독의 역할을 다 할 수 있는 배테랑이 되었다. 이후 현장 생중계 팀은 매뉴얼을 만들어 부서에 공유한 후 부서원들 모두 습득하게 되었다. 이후 MNG는 소형화되었고 통신 상태는 점차 안정적으로 변했다.

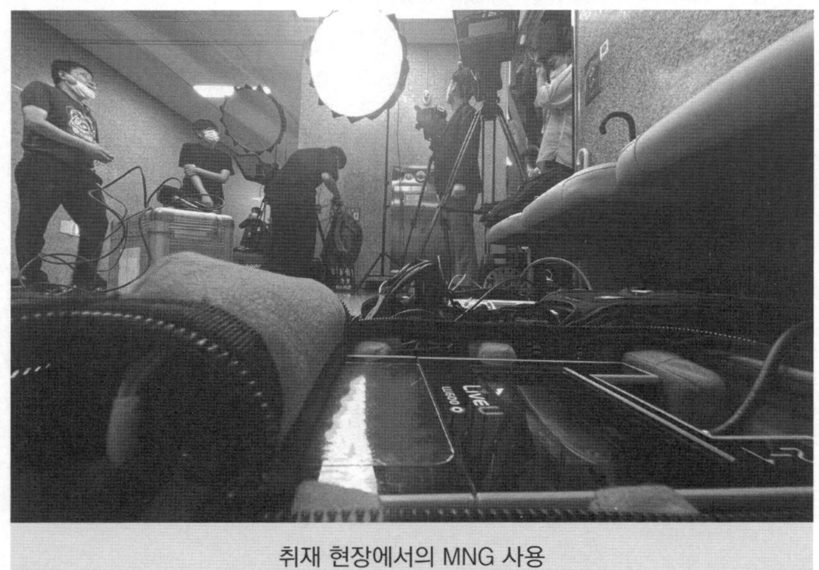

취재 현장에서의 MNG 사용

'우리는 포기하지 않았다.'

중계차도 없었고, 중계 인력도 없었지만 할 수 있다는 자신감이 있었다. 그리고 되게 하고 싶었다. 간절하면 찾게 되고 찾게 되면 방법을 얻을 수 있다는 세상의 진리가 통하였다. 10년간의 노하우는 해외에서도 위성통신망을 사용하지 않고 영상을 송출할 수 있는 경지까지 오르게 되었다. 예전엔 상상할 수 없었던 것들이 이젠 현실화되었다. 이러한 결과에는 베테랑 영상기자들의 노력과 취재 AD의 협업, 또한 부조 스텝이 일심으로 뭉쳐낸 결과라고 할 수 있다. 변화는 타 방송사로도 이어졌다. 지상파 3개사(KBS, MBC, SBS)도 MNG시스템 도입을 시작했다. 중요 생중계 현장에선 중계차를 사용하였지만, MNG에 대한 사용 빈도도 높아졌다. 이제는 현장에서 MNG를 들고 현장 생중계를 하는 지상파 3개 사가 많이 보이기 시작했다. 이렇게 지상파 3개 사가 이끌던 방송업계의 변화를 TV조선이 만들었다. 기존 영상기자라 하면 ENG 카메라만 고집하고 영상취재만 담당하였다면 이제는 송출과 중계까지 책임지는 역할이 추가되었다.

3) '긴박했던 1시 30분' 뉴스특보

한용식

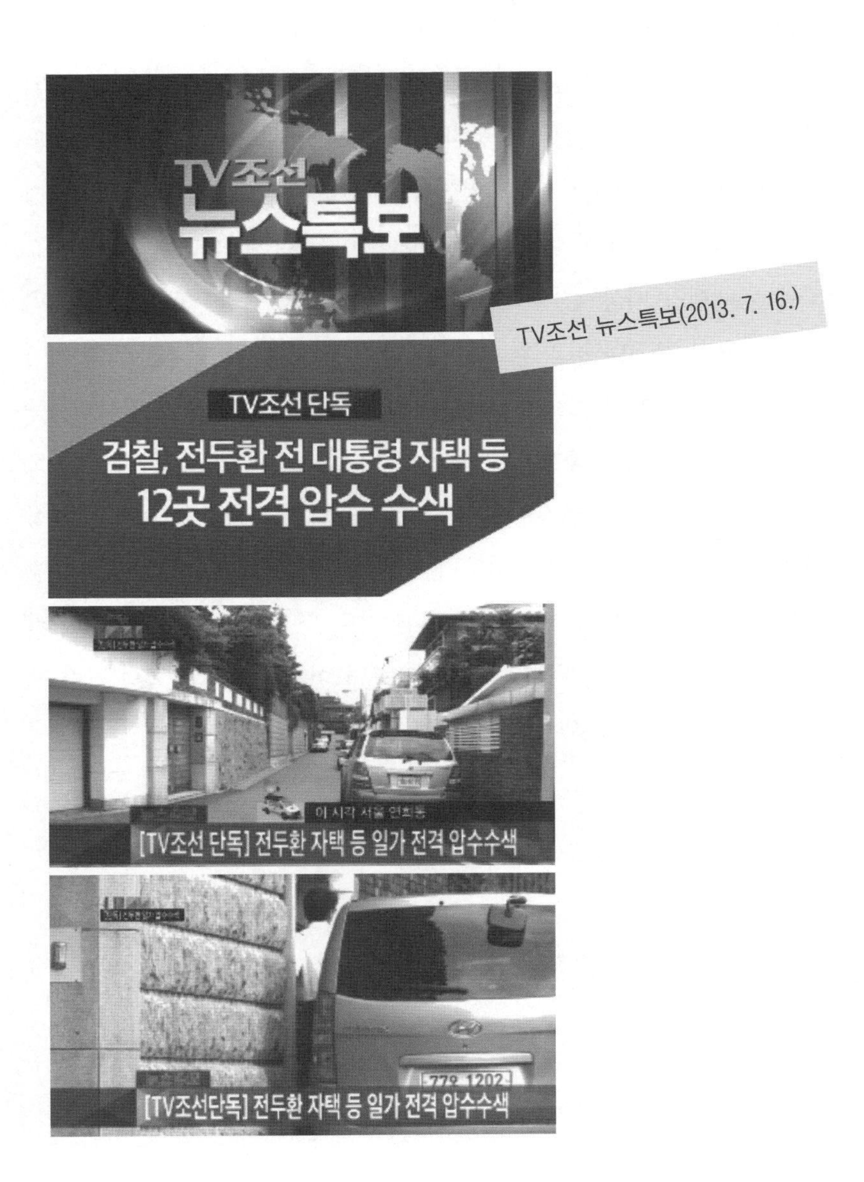

TV조선 뉴스특보(2013. 7. 16.)

2013년 7월 16일 11시 30분 TV조선은 전격 뉴스특보를 단행한다. 빨간 배경 위에 TV조선 단독이란 문구가 선명하게 돋보였다. 앵커는 헌정사상 처음으로 전직 대통령을 압수수색하고 있다며 보도했다. 검찰은 전두환 전 대통령의 자택뿐 아니라 장남 전제국 씨의 시공사 본사, 허브농장을 대대적으로 압수수색하였다. 이 내용을 TV조선이 단독으로 특보 편성을 통해 보도한 것이다. 관계자 발로 특보를 편성할 순 없었을 터 뉴스특보 방송 6분 만에 전두환 전 대통령 자택 앞에서 검찰 관계자가 압수수색 하는 모습을 단독으로 생중계하였다. 검찰 관계자가 자택으로 들어가는 모습과 검찰 관계자가 자택 부근에서 배회하는 모습은 영상을 통해 생중계되었다. '이 시각 서울 연희동'이란 자막과 함께 현장 분위기를 생중계로 생중계함으로써 전운이 감도는 모습을 보도한 것이다. 전직 대통령의 자택을 압수수색 한다는 내용만도 놀라웠지만, 검찰 관계자의 모습과 자택 분위기가 생중계된다는 것은 더더욱 충격적인 일이었다. TV조선 뉴스특보에선 전두환 전 대통령의 자택, 전두환 전 대통령의 비자금이 사용되었다는 의혹을 받는 장남 전제국 씨가 2006년 개장한 허브농장도 앞에서 기자중계를 진행하였다. 또 여기서 멈추지 않고 전제국 씨가 소유하고 있는 시공사 앞에서까지 기자중계를 진행하였다. 그리고 바로 국회를 연결하여 여야 국회의원의 반응을 전달하는 국회 중계도 진행하였다.

TV조선의 특보가 나간 뒤 방송을 통해 접한 타사 기자들이 연희동으로 모이기 시작했다. 지상파도 현장에 도착했지만 실시간 중계를 할 순 없었다. SNG가 오고 라인을 연결하기엔 기동성이 부족했기 때문이다. 타사는 멍하니 바라볼 수밖에 없었다.

법조 출입기자는 취재원을 통해 검찰이 전두환 전 대통령의 자택과 시공사 등을 압수수색 한다는 첩보 받았다. 오전 10시경 당시 김민배 보도본부장이 긴급 부장단 회의를 소집했다. “뉴스 특보의 첫 편성은 11시 30분으로 한다.” 남은 시간은 1시간 30분. 이 짧은 시간 동안 서울과 경기도 등 세 곳으로 MNG 장비를 지참한 채 취재진은 움직였다. 2013년 7월 16일은 폭우가 한창이었다. 잠수교에서 폭우 중계를 했던 취재기자와 영상기자는 서초동 시공사로 연천에서 비 피해를 취재했던 취재진은 연천 허브빌리지로 이동하여 취재를 시작했다.

박승훈 영상기자는 포천 영평천에서 아침뉴스 현장 생중계를 진행하였다. 전날 내린 폭우로 영편천 일대는 범람한 상태였다. 취재 중 데스크에게 연락이 왔다. “폭우 취재를 멈추고 은밀히 전두환 전 대통령 장남 전제국이 소유한 연천 허브빌리지 압수수색 취재로 이동하라.” 하는 지시였다. 허브빌리지에 도착했을 당시를 회상하면 평온 그 자체였다. 주변엔 검찰 관계자 차량이 보이지 않았고, 취재진의 모습도 없었기 때문이었다. 은밀히 허브빌리지의 외경과 내부 취재를 마친 후 MNG 장비를 이용해 영상을 송출했다. 이후 실시간 생중계 중계 시스템으로 전환하여 취재를 이어갔다. 아침부터 시작된 생중계 중계로 인해 배터리의 잔량은 많이 남지 않았다. 하지만 우리는 이런 상황을 대비해서 차량용 충전기를 항시 배치하고 있었다. 차량용 충전기를 활용해 배터리를 충전하면서 긴 시간을 촬영할 수 있었다. 그리고 본사에 연락해서 추가 배터리도 공급받았다. 저녁쯤이 되었을까…? 대한통운 트럭 한 대가 허브빌리지에 등장하였다. 혹시? 기자의 촉이란 이런 것일까? 검찰관계자들은 대한통운 트럭에 허브빌리지에 있는 전두환 일가의 미술작품과 불상 그리고 조각상들을 트럭으로 싣고 있었다. "이거다!" 현장에 벌어지는 모든 상황을 취재하기 시작했다. 무심코 넘어갈 수 있었지만 의심이 되는 상황을 그냥 넘어가지 않고 따라가서 압수수색하는 모습을 카메라에 담은 후 취재기자와 현장 생중계까지 마무리 지었다. 이렇게 해서 한 줄로 끝날 수 있는 보도가 서울, 경기도로 이어지는 마라톤 특종 보도로 이어질 수 있었던 것이다. 이러한 노력 때문이었을까? 당시 시청률은 뉴스특보는 2.982%(수도권 유료가구)로 동 시간대 SBS(2.451%), KBS1(1.998%), KBS2(1.578%), MBC(0.760%)를 앞질렀다. MBC의 4배에 가까운 시청률이자 동일 시간대 200개 방송사 프로그램 중 1위였다.

실제로 뉴스특보 통신 상태가 좋지 않아 블랙화면이 나가기도 하였다. 하지만 잠깐잠깐 나왔던 블랙화면은 크게 중요하지 않았다. 시청자들은 잠깐의 방송사고에도 불구하고 생생한 현장을 원했기 때문이다.

NEWS 기사 외부기사 런다운 정보 커뮤니티 콘텐트 의뢰 관리자

취재의뢰

취재일자 2013-07-16 ~ 2013-07-17 의뢰구분 전체 부서 전체 영상취재부

취재 의뢰

취재시간	상태	제목	취재부서	취재기자	영상기자	취재일
14:00 ~ 00:00	배정	소피아농아인올림픽대회 대표 선수단 결단식			취소	2013-07-16
14:00 ~ 00:00	배정	내집 마련 옛날 말...주택패러다임 바뀌나	경제산업부	김하림	용현성	2013-07-16
13:30 ~ 00:00	배정	불황의 그늘..주유소 휴폐업 급증	경제산업부	유아름	권기범	2013-07-16
13:30 ~ 00:00	배정	전기차 상용화시대 도래	경제산업부	이유진	심예지	2013-07-16
13:30 ~ 00:00	배정	원정 10대 폭주 취재	사회부	배연호	최낙도	2013-07-16
12:00 ~ 00:00	배정	장화신다 발병난다		이루라	취소	2013-07-16
11:00 ~ 13:00	배정	KT 야구단 아마야구 발전 간담회		김관	민봉기	2013-07-16
11:00 ~ 00:00	배정	허브빌리지 취재	사회부	이현준	박승훈	2013-07-16
11:00 ~ 13:00	배정	시공사 중계 지원 요청(급)	사회부	심지수	방준태	2013-07-16
11:00 ~ 12:00	배정	연희동 중계 요청	사회부	정원석	박경원	2013-07-16
10:30 ~ 00:00	배정	카페인 표시제 위반 제품	전국부	유지현	이원일	2013-07-16
10:30 ~ 00:00	배정	한중미래포럼	정치부	최우정	신철	2013-07-16
10:00 ~ 00:00	배정	내년 1월부터 백열전구 퇴출	경제산업부	유아름	최낙도	2013-07-16
10:00 ~ 00:00	배정	북부지검 영훈중 관련 수사결과 발표	사회부	최윤정	문춘일	2013-07-16
09:40 ~ 00:00	배정	서울청 원정폭주 피의자 인터뷰	사회부	배연호	김형진	2013-07-16
09:30 ~ 00:00	배정	노량진 사고 사연	사회부	박상현	최재철	2013-07-16
09:30 ~ 00:00	배정	노량진 사고 인재	사회부	서주민	취소	2013-07-16
09:00 ~ 00:00	배정	[LIVE] 노량진 사고 현장 중계	영상취재부		방준태	2013-07-16
09:00 ~ 00:00	배정	한강 부감 및 한강 시민공원 잠긴곳	보도본부	박관우	신철	2013-07-16
07:00 ~ 00:00	배정	포천 수해복구현장 취재	사회부	배연호	김형진	2013-07-16
07:00 ~ 17:00	배정	가평 수해복구현장 취재	사회부	김도훈	조남훈	2013-07-16

2013년 7월 16일 TV조선 취재 상황표

프로그램	TV조선 뉴스 12			방송시간	00:00:00
방송일시	2013-07-16	11:00:00	전두환 특보용	PD	

순	소요	누적시	형식	제목	기자	부서	CA
1	00:1	00:00:	타이틀	=======<뉴스특보 전타이틀>=======		뉴스센터	
2	00:1	00:00:	그래픽	[타이틀 후 CG]		뉴스센터	
3	00:0	00:00:		오프닝		뉴스센터	
4	00:0	00:00:					
5	02:0	00:02:	전화	[전화연결/전두환]검찰, 전두환 자택	배태	사회2부	
6	00:5	00:03:		[전화/전두환] 연희동	배태	사회2부	
7	02:1	00:05:	리포트	[단독/중계]전두환 연희동 자택 최초	정원	사회2부	
8	00:0	00:05:		시공사(반포) - 조덕현			
9	01:5	00:07:	중계	[중계/전두환] 허브빌리지 상황	이현	사회2부	
10	01:4	00:09:	중계	[중계/전두환] 시공사	심지	사회2부	
11	02:1	00:11:	전화	[전화연결]검찰, 압수수색 통해 차명	안형	사회2부	
12	00:0	00:11:					
13	01:5	00:13:	중계	[특보/중계] 여야 "당연한 결과"	이희	정치부	
14	01:4	00:14:	전화	[특보/ 전화] 청, 조심스레 관망	신은	정치부	
15	00:0	00:14:					
16	00:0	00:14:	출연	윤우리/ 송병철 (or 하누리)			
17	00:0	00:14:					
18	05:3	00:20:	리포트	사본 -[뉴스日/이슈추적]'29만 원' 전	배태	사회2부	
19	00:0	00:20:					
20	01:4	00:22:	리포트	[특보/리포트] 첫 자택 압수수색…역대	정세	정치부	
21	01:4	00:24:	리포트	[특보/리포트] 박근혜 · 전두환의 '악연	김명	정치부	
22	01:5	00:26:	리포트	[리포트/전두환]"전두환 추정재산 9334	하누	사회2부	
23	02:2	00:28:	리포트	[리포트/전두환] 전두환 처남 땅, 어디	하누	사회2부	
24	02:1	00:30:	리포트	[리포트/전두환] 전두환 일가 '부동산	하누	사회2부	
25	01:2	00:31:	리포트	[리포트/전두환] 전두환 장남 해외재산	박상	사회2부	
26	02:0	00:34:	리포트	CSI[뉴스 특보/리포트] 전두환 3남 1	전병	탐사취재	
27	01:4	00:35:	리포트	[뉴스특보/리포트] 가족과 친인척이 임	전병	탐사취재	
28	02:3	00:38:	리포트	[뉴스특보/리포트]전두환 비자금 세탁	전병	탐사취재	
29	01:2	00:39:	리포트	특보[리포트]중국 언론, 전두환 비자금	이동	국제부	
30	00:0	00:39:					
31	00:0	00:39:					

2013년 7월 16일 TV조선 뉴스특보 큐시트

"당시 사회부장으로 정확하게 기억합니다

1보 특종도 있었던 터라 후배 기자들이 사기가 하늘을 찌를 듯했고, 열정으로 가득 차 있었어요. TV조선에는 지상파나 뉴스채널처럼 SNG 등 중계차가 없었거든요.

백팩(MNG)이라는 이동형 중계 장비만 구비하고 있었는데,

다소 불안정한 방송이 문제였습니다.

저는 그때 두렵지 않았고 영상기자들과 협업을 믿었어요.

예비 소스들도 준비돼 있어서 매끄럽지 못하더라도 대형 사고는 안 난다는 확신이 있었습니다.

우리의 전략은 정말 잘 맞아떨어졌어요. 실제 중계 장비가 투입된 곳에 압수수색 팀들이 대거 투입돼 압수수색을 진행했거나 진행하려 했기 때문에 생동감은 말할 수 없을 정도였으니까요. 우리가 제일 먼저 가장 빨리, 그리고 가장 중요한 정보를 다룬다는 생각들은 취재진의 의욕을 정말 넘치게 했습니다. 그것은 실패를 두려워하지 않는 방송하는 자세에서 그대로 묻어났고, 타사 기자들의 정보 공유를 위한 확인 요청 전화도 그들을 더욱 고무시켰을 것으로 생각됩니다."

– 이재홍 TV조선 팩트체크장

TV조선 뉴스쇼 판 전두환 압수수색 리포트(2013. 7. 16.)

4) 민중총궐기 집회 생중계 성공

윤영철

2016년 11월 12일 박근혜 정권 퇴진 민중총궐기 집회가 시작하기 2일 전. 민중총궐기 투쟁본부의 행진은 광화문에서 시작하여 청와대 200m 옆인 청운효자동 앞 주민센터까지 행진한다고 신고했다. 그리고 박근혜 전 대통령 탄핵 반대 태극기 집회도 시작되었다. 대한민국의 정치적 이념으로 양극화가 되었다. 민중총궐기 투쟁본부 집회는 전 국민의 촛불 집회로 이어졌다.

TV조선 언론사의 기자로서 정치적 사안에 대해 취재할 땐 곤란한 경우가 많았다. 이번 경우도 그런 경우였다. 최순실 국정농단 이슈의 최전방에 서서 특종을 TV조선에서 가장 먼저 보도하였지만 우리는 어느 한 곳에서도 환영받지 못한 언론사였다. 이는 취재 거부로도 이어졌다. 보수 집회 쪽에선 '배신자'라는 낙인을, 진보 집회 쪽에선 '보수'라는 이유로 현장의 기자들은 취재하는 데 애로사항이 있었다. 그럼에도 불구하고 우리는 양쪽의 말을 귀담아듣고 취재해야 하는 기자다. 진보 집회 측에서 우리의 취재를 거부하였지만 멀리서라도 촬영해야 하는 것이 우리들의 역할이자 임무였다.

우리는 핸디캠이라는 소형카메라를 가지고 취재를 이어가며 현장의 분위기를 전했다. 하지만 한계에 부딪혔다. 소형카메라(핸디캠 카메라)는 ENG 카메라에 비해 어두운 곳에서 화질 저하가 심했다. 하지만 기동성과 신속성적인 측면에선 효과적인 카메라였다. 우리는 핸디캠에 MNG를 연결하여 현장 생중계를 진행하였다. 영상기자가 백팩 모양의

MNG를 매고, 핸디캠을 들고 취재와 현장 중계를 동시에 하는 방식이었다. 핸디캠과 MNG에 HDMI 라인을 연결해서 중계하는 방식이었다. 소형카메라에 비해 부피가 큰 ENG 카메라와 6mm 카메라를 사용해서 취재를 못 한다는 점을 핸디캠으로 극복하였다.

촛불집회와 태극기집회는 대한민국의 역사를 뒤흔들 만큼의 큰 사건이었다. 광화문광장에서부터 시청광장까지 가득 메운 인파를 보면 알 수 있듯이 국민들의 관심이 이곳에 쏠려있었다. 역사를 기록하는 사관(事觀)의 역할을 가진 기자로서 당시 상황을 기록하고 전달하는 것은 우리의 임무였다. 그렇기에 우리는 수단과 방법을 가리지 않고 사건을 기록하고 취재하고 국민들에게 현장의 소식을 알려야 했다. 한 번도 시도한 적 없었던 소형카메라와 MNG 현장 생중계가 성공할 수 있었던 이유는 절실함으로 무장한 우리였기에 가능한 방법이었다. '결핍'과 '절실함'은 묘수(妙手)를 만들어 내는 데 가장 큰 원동력이었다. 우리는 근접 촬영은 소형카메라(핸디캠)로 높은 곳에서 촬영할 때에는 망원렌즈를 활용하여 어느 장소에서든 현장 생중계를 할 수 있도록 촬영 장소를 섭외하였다. 이런 노력으로 시청자에게 보수와 진보, 양 집단의 현장 소식을 생생하게 전달할 수 있었다. 소형카메라에 MNG를 연결하여 생중계를 한다는 것은 당시에는 획기적인 방식이었다. 현장 생중계 경험이 많았기에 TV조선 영상취재부는 카메라의 기종을 가리지 않고 생중계를 할 수 있는 베테랑이 되었다.

부감(俯瞰) 장소에서 생중계는 TV조선만 유일하게 한 매체였다. 인파가 몰릴 경우 취재가 쉽지 않음을 예상한 당시 영상취재 부장은 필자에게 청운 효자동 인근 높은 건물을 섭외할 것을 지시하였다. 박근혜 정권 퇴진 민중총궐기 집회가 시작하기 2일 전. 민중총궐기 투쟁본부의 행진은 광화문에서 시작하여 청와대 200m 옆인 청운효자동 앞 주민센터까지 행진한다고 신고했기 때문이었다. 상황 중계를 위하여 높은 건물을 섭외하기 시작했다. 경복궁 옆 앞 건물들은 대부분 단층건물이 대다수였고 옥상에서 촬영할만한 장소는 보이지 않았다. 난항을 거듭한 때 내자 사거리에 위치한 옥상을 섭외할 수 있었다. 중계 장소 섭외는 중계 PD가 하는 것이 관례이긴 하나 영상기자가 직접 촬영하고 송출까지 책임져야 한다는 생각에 장소 섭외를 시작하기 시작했다.

옥상의 상황은 촬영하기엔 좋은 장소였으나 건물 노후화로 인해 안전이 위협받는 상황이었다. 최대한 안전하게 촬영할 것을 약속받고 최소한의 인원만 올라오는 조건으로 건물 옥상에서 촬영하는 것을 허락받을 수 있었다. 건물 노후화에 관한 문제와 더불어 가장 중요한 문제는 영상 송출 방식이었다. 주최 측 추산 106만 명, 경찰 추산 26만 명이 참여한 이 집회현장에서 LTE 무선통신망으로 영상을 송출하는 것은 무리가 있을 것으로 판단하고 안정적인 영상 송출을 위하여 사무실 내에 있는 유선 모뎀 단말기에 10M 이상의 랜선을 챙기기로 하였다. 이때 챙긴 LAN CABLE은 내자 사거리 상황을 단독으로 생중계할 수 있도록 도왔다.

집회 참가 인원들이 광화문에서 내자 사거리로 이동하였을 때 무선통신망은 끊겼다. 카카오톡, 텔레그램 등 회사 사무실과 연락할 수 있는 망은 끊겼고, 전화 또한 할 수 없는 상황이 되었다. 준비한 LAN CABLE을 이용하여 MNG 장비에 연결하였다. 무선통신망은 트래픽이 걸려 통신이 원활하지 않았지만 LAN CABLE은 단말기를 통해 유선으로 전달되기 때문에 원활한 영상 송출이 가능하도록 도왔다.

높은 곳에서의 장소를 섭외하였기 때문에 전체적인 느낌을 영상에 담을 수 있었고, 안정적으로 송출하겠다는 생각으로 챙긴 LAN CABLE은 언론사 유일하게 생중계로 상황을 중계할 수 있었다. 이후 다른 언론사들도 밀려들어 오면서 같이 하게 되었지만 필자의 섭외는 신의 한 수였다.

"낮부터 특보가 생겨서 지상파와 비교하며 모니터링하느라 정신없었어요. 그날 집회는 저녁 무렵부터 분위기가 다른 때와는 좀 다르게 느껴졌어요. 아니나 다를까 집회 인파가 청와대 쪽으로 향하는데, 잘못하면 MNG가 끊겨서 영상 송출이 안 될 수도 있겠다 싶었어요. 아니 그런데 영상이 깨끗하게 송출되더라고요. 더 놀란 것은 화면의 앵글이었어요. 타 방송사는 집회 참가자가 행진하는 모습만 단편적으로 보여주는데, 우리 영상은 건물 옥상에서 부감으로 집회 참가자와 이를 막는 경찰 간의 일촉즉발 대치 상황을 생생하게 보여줬어요.

알고 보니 영상취재부에서 행진 경로를 사전에 예상하고 건물 섭외와 통신장애를 우려해 유선 인터넷까지 준비했다고 하더라고요. 또 차량 통행이 안 되니까 걸어서 광화문 사옥에서 내자동 중계현장까지 배터리를 수시로 날랐다고 하더라고요.

그동안의 MNG 운용 경험과 열정이 가장 중요한 순간에 빛을 발했다고 생각해요. 더 좋은 영상을 위한 치밀한 준비성과 추운 날씨에도 위험을 무릅쓴 영상기자에 고마움과 존경을 표합니다."

– 강태식 TV조선 영상편집부장

TV조선 뉴스판 내자동 로터리 경찰 대치 중계(2016. 11. 19.)

5) 독자 중계 성공 나로호

권기범

나로호 발사는 매번 실패했다. 기자들은 항상 성공을 기원하며 취재에 임하였다. TV조선은 지난 2009년, 2010년 실시된 나로호 1차, 2차 발사에는 주관방송사인 KBS에 중계권료를 지불하며 영상을 송출하였다. 하지만 3차 발사 때는 중계권료를 지불하며 영상을 송출하기엔 부담이 컸기에 발사 풀(POOL)에 들어가지 않기로 결정하였다. 한마디로 못 찍으면 그림이 없는 상황. 더욱이 영상취재 말고도 MNG(유무선 통신모뎀을 이용한 영상전송 장비)를 이용한 현장 생중계 중계까지 겸해야 하기 때문에 부담감은 높아졌다. TV조선 영상취재부 영상기자 3인은 지금까지 해온 나로호 우주발사대 취재 때와는 다르게 A부터 Z까지 취재 준비를 완벽하게 할 수밖에 없었다. 연이은 회의와 촬영 장소 선점과 타사보다 좋은 위치 선점을 위해 전남 고흥 여러 곳 답사를 하며 장소 리스트를 작성하였다.

MNG의 단점을 보완하고자 LTE 통신망보다 더 안정적으로 통신망을 유지할 수 있는 유선 단말기를 확보해야 했다. 당시에는 LTE 통신망으로 MNG 송출이 이뤄졌는데, LTE 통신망은 막 개발된 시기여서 속도는 빨랐지만 안정적인 측면은 불안하였다. TV조선 영상기자들은 수많은 장소 섭외를 통해 발사대와 가까운 민박집을 섭외하는 데 성공하였다. 민박집을 촬영 장소로 선택한 이유는 바로 유선 단말기를 확보할 수 있다는 점. 집집이 인터넷 선이 개설되어 있기에 우리는 민박집에 개설된 유선 단말기에 LAN CABLE을 연결하여 송출하려는 계획을 세웠다. "뜻이 있는 곳에 길이 있다."라고 하듯이 현장에서 고군분투하는 영상기자들이 안쓰러웠는지 민박집 주인께선 지인 중 개인 요트를 소유하고 있는 분을 연결해 주었다. 우리는 요트를 갖고 계신 분을 설득하고 섭외하여 나로호 발사의 성공적인 모습을 담을 준비를 완료하였다. 우리는 결전의 날이 오기 전 본사와 통신 상태를 확인하였고 끊임없는 테스트를 진행하여 발사 순간 통신 상태가 먹통이 되는 최악의 불상사를 막고자 대비하였다. POOL에 빠진 상태였기 때문에 부담감은 더 클 수밖에 없었다.

나로호 발사의 결전의 날 영상기자들은 각자의 포인트로 갔다. 요트를 타고 바다로, 그리고 민박집 옥상에서 유선 랜선을 MNG에 연결하고 기다렸다. 드디어 오후 4시. 나로호가 화염과 함께 하늘로 날아올랐다. TV조선은 다른 방송사들과 다르게 TV조선만의 앵글을 통해 영상을 생중계하였다. 역사적인 장면이 실시간 생중계로 시청자들에게 전달된 것이다.

2013년 1월 30일 16시, 이재호 영상 기자가 나로호 발사 장면을 촬영하여
독자 생중계에 성공했다.

출처: 생중계 화면

그 당시 TV조선 영상취재부 사무실에선 환호가 연달아 나왔다. 현장에서 취재와 중계를 하던 영상기자들은 가슴이 벅차올랐다. 방송 기술의 발달은 영상기자들의 본업을 확장시켰다. 본업이었던 영상취재뿐만 아니라 중계카메라 감독의 역할까지 요구하였다. 이제는 본업이 영상취재 그리고 영상중계까지 돼버린 것이다. 우리는 그렇게 멀티 영상기자가 되었다. 중계차가 없고, 인력이 없었던 신생 방송사인 TV조선의 돌파구는 현장기자와 부조 스텝의 협업으로 뚫을 수 있었다.

영상기자가 중계 업무까지 겸할 때 타사들에 무시를 받았지만, TV조선 영상취재부원들의 노력과 열정은 방송시장의 변화를 만들었다. SNG와 차별성을 두기 위해 채택한 기동성 좋은 MNG 장비는 추후 모든 방송사가 MNG 시스템을 정착하게 했다.

6) 축구 A매치, MNG를 살려라!

권기범, 심예지

COVID-19 거리두기가 해제되며 스포츠 경기 관중 입장이 허용되고, 손흥민 선수가 아시아 최초 EPL 득점왕에 오르는 희소식이 날라온 그때 남자축구 A매치 4경기의 TV조선 단독 생중계가 결정되었다. 쉽게 보기 힘든 브라질 슈퍼스타들의 방한까지 결정되자 그 열기가 더욱 달아올라 경기 티켓은 판매창이 열리기가 무섭게 매진되었다. 국민들의 이목이 축구로 집중되고 있는 가운데 우리 또한 그 열기를 잘 담아내기 위한 준비를 차곡차곡 하기 시작했다.

4경기 모두 경기중계가 끝나는 대로 바로 뉴스 톱기사로 기자중계가 2번 들어가게 되었는데, 무엇보다 MNG의 신호가 잘 터지느냐에 가장 중요한 부분이었다. 큰 관심이 쏠렸던 상암 월드컵경기장의 경우 가장 큰 규모로 6만 명의 좌석이 이미 매진된 상태였다. 우리나라 모바일 네트워크가 아무리 발달되었다고는 하나 6만 명이 동시에 같은 곳에서 스마트폰을 사용한다면 분명히 신호상에 문제가 있을 수 있었고, 중계를 할 수 있는 위치 또한 관중석 중 하나인 기자석 쪽으로 제한된 만큼 허락된 여건하에 문제없이 중계 가능한 포인트를 찾아야만 했다. MNG에 내장된 USIM은 평균 5~6개로 일반적인 상황에서는 중계 신호에 문제가 없지만 6만 관중이 모여있는 곳이라면 얘기가 달랐다. 현장에서 우리는 가장 먼저 축구협회 쪽에서 기자석에 제공한 랜선을 확보하는 것에 집중했다. 기자들의 기사송고를 위해 와이파이(WI-FI)도 외에 준비된 랜선으로 테스트를 시작했다. 다행히 인터넷 속도 평균 7~8M으로 중계하기에 이상이 없는 속도가 나왔고, 혹시나 변화가 것을 대비해 전반전 직후 모든 관중들이 입장했을 때를 맞춰서 중계테스트를 했다. 결과는 이상이 없었고, 경기 분위기를 담아 중계를 할 수 있었다.

기자석에서 랜선을 연결한 MNG로 나온 중계 화면 모습

서울 상암 월드컵경기장에 비해 대전경기장 관객 수는 4만여 석으로 적었지만, 경기 시작도 전에 관중들이 입장하자마자 핸드폰 통신이 안 터지기 시작했다. 스마트폰 메신저는 모두 불통이었고, MNG 장비의 LTE USIM 역시 1M도 채 안 나오는 속도였다. 두 중계가 연속으로 이어지기 때문에 다른 배경을 보여주면서 랜선 역시 안전하고 일정한 속도가 나오는지가 가장 큰 관건이었다.

대전 월드컵경기장에서 생중계를 위해 LIVE U의 신호를 테스트 하고 있다.

왼쪽 그림에서와 같이 랜선을 LIVE U 랜선 포트에 연결하면 초록색불이 들어오고 오른쪽 그림과 같이 화면에도 초록색 불이 뜨면 인터넷이 연결된 것을 확인할 수 있다.

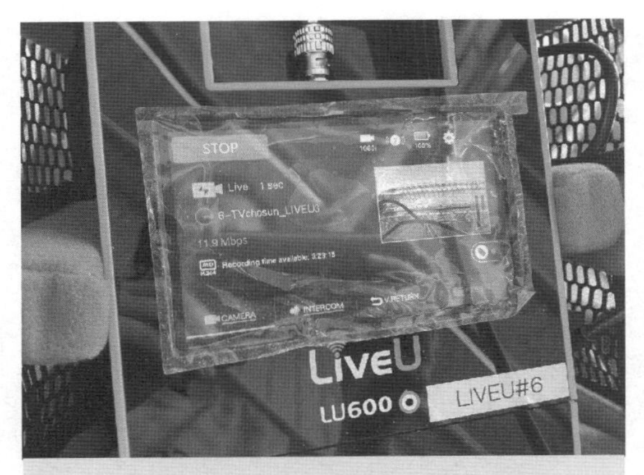

11M의 속도로 1초 딜레이를 두고 연결한 모습

통신장비(LTE)가 안 터지는 것에 비해 인터넷 속도가 좋았던 대전 월드컵경기장의 경우 속도가 11M 가까이 나와 취재 영상 송출 및 기자 중계에 무리 없이 사용할 수 있었다.

MNG를 사용해 기자중계하고 있다.

4번의 A매치, 그리고 8번의 MNG를 통한 기자중계는 어떠한 사고 없이 경기장의 생생한 분위기를 축구경기를 보던 시청자들에게 그대로 잘 전달해주었다. 백팩이라고 불릴 정도로 작고 가벼운 MNG라는 중계 장비는 간편하게 이용할 수 있지만 그만큼 사고의 위험성도 크기 때문에 더욱 주의해야 한다. 3개 경기장의 컨디션이 다 달랐기 때문에 매번 중계마다 다양한 길이의 BNC와 연장 랜선 등을 추가로 준비했고, 관중석 포화도에 따른 여러 번의 중계테스트를 하여 변수에 대비했기에 큰 이벤트를 잘 넘길 수 있었다. 변화무쌍한 취재현장에서 철저한 준비가 얼마나 중요한지 다시 한 번 느끼게 해준 현장이었다.

7) 올림픽에서도 빛난 MNG!

민봉기

2011년 TV조선 개국과 함께 야심차게 도입된 MNG는 국내뿐만 아니라 해외에서도 큰 역할을 해냈다. 그 첫 사례라 할 수 있는 것이 2012 런던올림픽이었다. 취재기자와 촬영기자 단 두 명이 현지 코디도 없이 수많은 장비를 들고 현장을 뛰어다녔다. 다른 지상파 방송국에서 수십, 수백 명을 현지에 파견한 것과 규모 면에서 큰 차이가 있었다. 단 둘뿐이었지만, 코리아 하우스에서 개최되는 메달리스트들의 생생한 기자회견 현장, 각종 뉴스에 기자중계, 메인뉴스 리포트까지 큰 사고 없이 마쳤다. 이렇게 적은 인원으로 많은 일을 할 수 있었던 것은 역시 MNG의 도움이 컸다. 몸은 너무 고됐지만 보람 있었던 26박 28일 런던올림픽 출장 이야기다.

런던올림픽 출장을 한 달여 남긴 시점. 보도본부 회의가 열렸다. 올림픽 특집 방송 때문이었다. TV조선 입장에서는 개국 후 처음 열리는 국제 스포츠 행사인 데다 지상파로부터 거금을 들여 보도권[05]까지 구매한 상태였다. '타 방송사와 차별화된 특집 방송을 어떻게 만들지'가 주제였다. 경기 하이라이트를 보여주거나 전문가 해석을 가미하는 건 뻔한 것들이었다. 뭔가 현장의 생생한 모습, 우리만 보여줄 수 있는 무언가가 필요했는데, 바로 기자중계였다. 현지의 유력 신문 매체의 올림픽 소식을 기자가 직접 설명해준다. 그것이 차별화 전략이었다. 현지 아침 시간에 맞춰 한국에서는 오후 3시 방송 '런던의 아침' 프로그램이 그렇게 기획됐다.

MNG 장비 도입 6개월 차. 손에 익지도 않은 장비를 그것도 해외에서 대여해 사용해야 했다. 안 그래도 ENG 카메라부터 장비가 산더미 같은데 큰 가방 하나가 더 늘어난다는 생각에 출장길이 캄캄했다. 게다가 우린 두 명뿐 아닌가. 우선 해외에서 MNG 장비를 어떻게 사용하는

대여 MNG 장비로 현지에서 생중계했다.

05_ 중계권을 IOC로부터 구매한 방송사가 타 방송사에게 보도를 전제로 일정 금액을 받고 경기 영상을 판매한다. 단, 엄격하게 보도 목적으로만 영상을 사용해야 한다.

런던에서 대여한 MNG 장비

MNG 비롯한 ENG 카메라 취재장비

지 회사 기술기획팀과 논의했다.

TV조선에서 도입한 MNG 장비는 TVU사에서 생산한 제품이었다. TVU는 정책적으로 국제적 이목이 쏠리는 현장에 본사 직원들을 파견해 현지 통신사정에 맡게 TVU를 업그레이드, 일정 금액을 받고 해외 방송사에 대여해주고 있었다. 예를 들면 올림픽, 월드컵, 북미정상회담과 같은 큰 행사들이다. 서비스도 상당히 괜찮은데 당시에는 패키지 상품으로 한 달간 약 500Gb의 송출 용량과 고장 시 AS 지원도 해주고 있었다. 다만 국내에서 TVU를 구매하지 않은 방송사는 이 서비스를 이용할 수 없었다.

내용을 전해 듣고 런던에 도착하자마자 MNG 장비부터 수령했다. 임시 사무실이라 그런지 컨테이너 박스 같은 곳에 임시사무실을 운영하고 있었다. 각종 서류에 사인을 하고 떨리는 마음으로 전원을 켰다. "음? 한국에서 사용하던 거랑 똑같네!" 모든 게 같았다. 심지어 잘됐다. 사용하는 장소만 다를 뿐. 지레 겁먹은 것이 창피할 정도였다. 다만 현지 통신이 국내보다 수월하지 못해 딜레이는 5초에서 심하게는 10초 이상이 되기도 했다. 즉 현지에서 송출한 영상이 10초 뒤에 한국에서 보이는 것이다. 이것만 제외하면 너무 훌륭했다. 그동안 노트북을 들고 호텔 와이파이를 찾아다니던 것에 비할 것이 아니었다. MNG 한 대는 놀라운 업무의 효율성을 제공해주기에 충분했다.

해외 출장에서 가장 힘든 건 송출 스트레스다. 특히 시차가 애매한 나라일수록 더 그렇다. 어떨 땐 취재를 포기하고 송출에 몰두할 때도 많다. 열심히 촬영해봐야 송출을 못 하면 방송을 할 수 없기 때문이다. 하지만 MNG 장비로 인해 그런 스트레스는 말끔히 해소됐다. 물론 그것을 가지고 다녀야 하는 양쪽 어깨의 압박은 상당하다. 그럼에도 불구하고 효율성 측면에선 가히 끝판왕이라고 할만하다. 이것이 없었다면 올림픽 특집 프로그램 '런던의 아침'에서 취재기자가 매일 아침 런던 현지 신문 기사의 내용과 분위기를 생생하게 전달할 수 없었을 것이다. 또 메달리스트들의 감동의 기자회견도 생중계할 수 없었다. 두 명의 기자가 올림픽이라는 큰 행사 취재현장에서 하루 평균 두 건 이상의 기자중계와 메인뉴스 리포트 제작까지 거의 완벽하게 수행해냈다. 아마도 MNG가 없었다면 못했을 일이다. 아니, 그렇게 시키지도 않았을 것이다. 10년이 지난 지금, 이젠 우리에겐 너무 익숙한 장비가 됐다. 또 국내든 해외든 없어선 안 될 장비가 됐다. 통신 환경의 발전으로 인해 어느 지역을 가든 딜레이는 2초 이내다. 모든 방송사가 해외에서도 MNG 장비를 가지고 기자중계를 하기에 이르렀다. 이 때문에 저 멀리 싱가포르 어딘가에서 김정은 위원장이 탄 차량이 지나갈 때부터 도착할 때까지의 모습을 생생하게 안방에서 볼 수 있게 됐다.

8) 준비가 특종을 만든다!

조상범

2018년 6월 12일 싱가포르 센토사 섬 카펠라 호텔에서 미국 도널드 트럼프 대통령 그리고 북한 김정은 국무위원장이 정전협정 65년 만에 첫 회담을 했다.

전 세계가 주목하는 핫이슈이므로 국내 영상취재기자들은 취재와 생중계를 위해 평소보다 많은 인력이 싱가포르로 출장을 가게 되었다. TV조선 영상취재부는 6명이 취재를 위해 싱가포르로 이동했다.

준비과정의 첫 시작은 현지 사전취재. 필자는 5월 중순에 북미정상회담 개최 소식이 나오자 곧장 취재기자와 싱가포르로 향했다. 현지 취재는 물론, 실제 회담 기간 출장에 사용할 MNG의 사전 테스트라는 임무도 맡아 현지 USIM은 통신사별로 구입해 속도 체크를 틈틈이 했다. 또한, 초유의 정상회담인 삼엄한 경비, 열띤 취재경쟁에 대처하기 위한 필요장비도 기록해 서울과 실시간 연락을 취하며 본격적인 준비

현지 USIM 구입 후 속도 테스트를 진행했다.

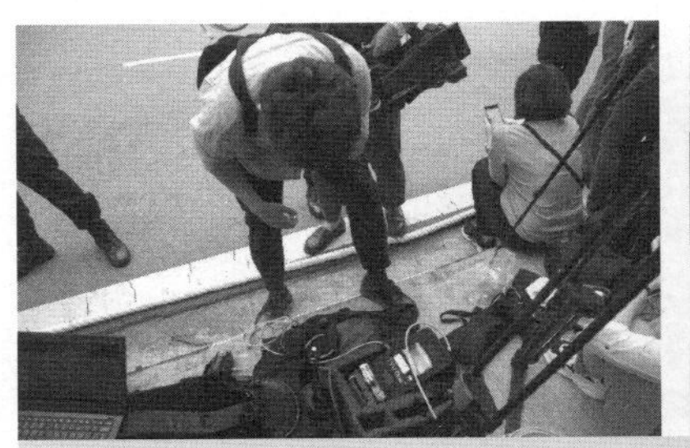

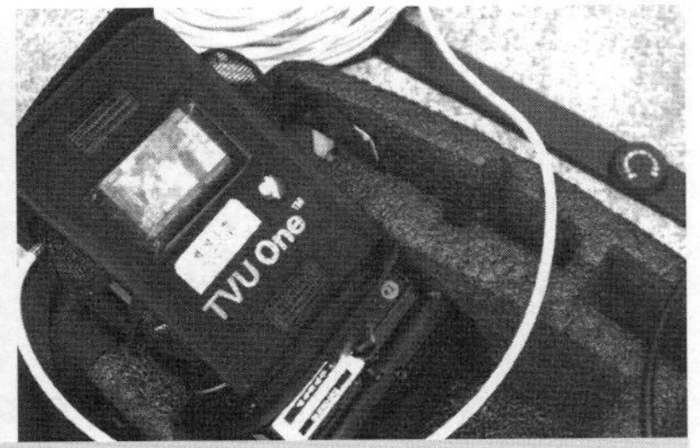

MNG의 통신 상태 수시로 확인하는 영상기자들

절차에 들어갔다.

싱가포르에는 3종류 통신사의 유심이 있고, 유심은 3종류를 MNG에 6개 장착할 수 있는데 선발대로 갔던 필자가 테스트해서 가장 베스트 유심 조합을 알아내서 후발대 취재팀들은 불편 없이 취재했다. 그리고 싱가포르에서 현지 유심을 구매할 수 있는 방법은 여권 1개당 유심 2개이다. 취재부서와 영상취재부서 그리고 현지 코디 및 운전하시는 분들 포함해서 유심을 구매했다. 베스트 조합을 알고 그렇게 진행했지만 회담 당일이 다가오면서 한국 방송사와 그리고 외신들이 모두 MNG를 가지고 와서 통신 상태는 항상 불안한 상태로 긴장하면서 취재해야 했다. 앞서 말했듯이 유심구매에 제한이 있어서 시간적 여유가 있으면 호텔이나 커피 전문점에서 노트북으로 영상을 웹하드로 송출하고, 현장 생중계를 해야 할 때만 MNG를 활용해서 취재했다. 통신 상태를 최우선으로 생각하고 취재했지만, 싱가포르의 습하고 고온의 더위에 MNG가 고장 날까 봐 신경을 써야 했고, 배터리도 관리하면서 해도 충전은 해야 했기에 호텔과 인근 식당에서 충전하면서 취재를 했다.

제1차 북미회담을 취재 중인 각국 기자들

탑포드, 전 세계 언론들과 자리 경쟁을 펼쳐야 하는 현장에서 트라이포드의 높이를 최대 70cm 이상 높여주는 익스텐션 일명 '탑포드'가 필수적이었다. 이 장비는 대여가 불가능하고 주문제작 방식이라 시간도 부족했다. 때마침 국제방송·음향·조명기기전시회(KOBA)에 이 제품이 전시됐다는 첩보를 기술기획팀에서 입수해 대여까지 진행했다. 우리만 빼고 모든 언론사가 보유하고 있는 장비지만 결국 우리만 가져가는 아이러니한 상황에서 레지스 호텔의 높은 화단을 뚫고 북한 경호원들의 분주한 모습과 삼엄한 분위기를 담아낼 수 있었다.

새벽부터 오후까지 예상보다 딜레이 된 북미 1차 회담 실무진 취재를 끝나고, 북측 다른 취재 포인트로 이동하던 중에 김정은 및 김여정 일행이 마리나베이샌즈로 예정이 없는 일정을 한다고 들어 그 근처에 있다가 급하게 현장으로 이동했다. 현장에 도착했을 때는 북측 가드와 삼엄한 분위기가 돌고 있어 곧 도착하리란 판단하여 가장 근접한 위치로 취재 포인트를 잡았다. 새벽부터 취재하여 카메라 배터리가 없는 상황이었지만, 최대한 필요한 컷만 담고자 하여 다행히 송출까지 마무리할 수 있었다. 해외 취재 및 뻗치기 취재 시 카메라 배터리를 전달받는 것이 국내보단 쉽지 않은 상황이므로, 항상 촬영 및 오디오 및 송출장비의 배터리를 여유롭게 챙기고 관리하여, 안정적으로 리포트를 제작할 수 있도록 만전을 다하는 것이 중요하다.

마지막으로 타사가 생각하지 못한 장비가 하나 또 있다. 바로 망원렌즈다. 망원렌즈 20kg에 육박한 무게 때문에 오디오맨이 있어야 운용이 가능하고 이동이지 않다. 타사서 생각지 못한 이유다. 이걸 가져갔다. 공항에서 무게 때문에 비행기 수하물로 보낼 수 없어 케이스만 수하물로 보내고 렌즈 자체는 껴안고 비행기에 올랐다. 이렇게 고생스럽게 가져간 망원렌즈는 실망시키지 않았다. 고려항공 등 김정은 탑승 비행기 단독 영상을 시작으로 샹그릴라 호텔 내부 북한 수행원들의 모습을 철저하게 감시할 수 있었다.

2차 북미정상회담은 1차 북미정상회담이 열린 지 8개월여 만인 6월 12일 베트남에서 열렸다. 성사된 양국 간 정상회담이다. 2차 취재팀도

망원렌즈를 사용하여 김정은 탑승 비행기를 단독 촬영했다.

구성되어 1차 취재팀 못지않게 많은 준비를 했다. 선발대를 베트남으로 급파해 현지 통신 사정과 회담장으로 사용될 가능성이 큰 호텔을 사전 조사하는 한편 후발대들은 선발대가 전해오는 정보와 필요 장비를 빠짐없이 체크했다.

국내 3사 통신망을 이용한 USIM은 수많은 테스트 및 끊임없이 더 안전한 중계 및 송출시스템이 구축되어 있으나, 해외는 통신망이 불안정하고, 신호 끊김이 많다. 그렇기에 중계 장소와 송출 장소마다 안전하게 통신망을 유지하는 것이 중요하다. 베트남은 싱가포르와 달리 유동인구가 많아 뜻하지 않았던 변수가 많이 생겼다. 이 때문에 현지 통신사별 유심의 최적 조합을 찾고 확보하는 것이 급선무고, 통신망 테스트를 1차에 비해 2차 때 더 신중을 기하도록 하였다.

정상회담과 같은 특히 케이스에서 주의해야 할 사항은 실시간으로 송출 및 중계에 딜레이가 심해진다는 점을 미리 부서 및 회사에 공지하고, 방송 사고가 나지 않도록 철저한 대비를 하였다. 미국 대통령이나 각국 정상들이 차로 이동하기 전이나 이동 중에는 대부분 인근 통신망이 불안정해지고, 통신 신호도 잡히지 않도록 조치가 취해져 있는 케이스가 많기에 실시간 중계를 가급적 지양하고, 영상취재 후 통신망이 잡히는 곳으로 빠르게 이동해 1보 송출을 하여 신속한 뉴스로 나갈 수 있었다.

"1차, 2차 북미정상회담 준비부터 취재 후까지

싱가포르 출장팀은 전 세계가 주목하고 있었던 1차 북미회담을 준비하면서 전 세계 언론들과 경쟁을 해야 했기에 현장 상황이 녹록지 않을 거라 판단했어요. 선발대로 취재를 가기 전부터 다양한 변수에 대처할 수 있도록 탑포드 및 망원렌즈 등 영상취재 장비부터 MNG까지 꼼꼼하게 점검하였기에 타사가 담지 못했던 회담 실무진의 움직임, 비밀리에 입국하는 김정은 탑승 비행기 등 단독 영상을 확보할 수 있었다고 생각해요. 추후 베트남에서 열린 2차 북미회담을 열린다는 소식에 1차 정상회담의 경험을 바탕으로 예측 불가한 순간을 예상하고 대비했어요. 각국 정상의 이동 전후로 전파가 차단되고 취재 차량의 이동이 불가했기에, 미리 예측하고 안전한 곳으로 이동하여 통신장애로 인한 방송사고가 나지 않도록 취재 및 중계에 만전을 다하는 것이 중요하다고 생각해요."

– 박형준 TV조선 영상기획부 기자

제2차 북미회담 취재를 위해 베트남 동당역에 운집한 각국 기자들

동당역 앞 기자중계

TV조선 뉴스7 1차 북미 비행기도착 단독(2018. 6. 10.)

2. 우리는 헬기가 없었다

✎ 윤영철

중계차가 없었던 우리는 MNG 장비로 생중계를 강화했다면, 이제는 헬기와의 전쟁이 시작되었다. 항공촬영의 필수 조건이라고 생각되었던 헬기. 하지만 신생사인 TV조선에선 언감생심이었다. 중계차를 운용하는 것조차 힘들었기 때문에 항공촬영을 할 수 있는 헬기는 말 그대로 '어찌 감히'였다.

헬기 항공촬영에 대해서 간단하게 설명하자면, 우리가 청명한 가을하늘 아래 단풍의 모습, 대규모 화재현장이나 지진, 산사태 등 지상에서 볼 수 없었던 장면을 헬기를 활용해서 촬영된 영상을 말한다. 항공촬영의 장점은 사건 현장의 피해규모, 처참한 상황 등을 가장 현실적으로 전달할 수 있다. 그동안 항공촬영을 하기 위해선 헬기를 운용해야만 항공촬영을 할 수 있었다. 하지만 시대가 변함에 따라 헬기를 대체할 장비가 등장하였다. 우리는 그 기회를 놓치지 않았다.

당시 지상파 3사는 각 회사가 갖고 있는 헬기를 운용하고 있었다. 회사마다 헬기의 특성은 다르지만 평균적으로 인건비, 보험료, 시설운용비, 부품비, 연료비, 기타비용 등 총 약 10억 원의 연간 운영비용이 발생한다고 한다. 헬기 항공촬영의 장점은 장거리, 장시간, 고속도, 고고도 비행이 가능했기 때문에 촬영하는 데 용이하였다. 헬기에 카메라를 설치하기 때문에 촬영범위를 카메라 기종에 따라 선택할 수 있는 장점도 있었다. 다만 앞에서도 서술했듯이 높은 유지보수 비용과 저고도의 촬영은 힘들다는 단점도 있었다. 이런 이유 때문에 신생 방송사가 사용하기엔 경제적 부담이 컸다. 큰 운용비용은 헬기 항공촬영을 생각할 수조차 없었다.

그렇다고 가만히 있을 순 없었다. 우리는 절실했고 새로운 방법을 찾는 시도를 멈출 수 없었다. "우리는 간절했다." 우리에겐 헬기가 없었고 큰 운용비용을 감당할 여력도 없었다. 하지만 젊은 영상기자들은 신식 기술과 문물을 받아들일 수 있는 용기와 정보력이 있었다.

1) 항공 영상을 강화하다

우리에게 헬기항공촬영의 갈증을 해소시켜 줄 무기가 발명되었다. 바로 무인비행장치였다. 지금 흔히 사용되는 '드론(Drone)'이란 용어는 법적으로는 정확한 용어는 아니다. 우리나라의 항공안전법에 따르면 드론이라는 용어는 존재하지 않으며, 초경량비행장치와 무인비행장치라는 용어가 정의되고 있다. 미국방부(US Department of Defence) 에서는 다음과 같이 정의하고 있다.[06] 무인비행장치 혹은 무인항공기(UAV:

06_ US department of defense

Unmanned Aerial Vehicle)라고 표현되는 용어 조종사가 비행체에 직접 탑승하지 않고 지상에서 원격조종(remote piloted)하거나, 사전 입력된 프로그램에 따라 자동(auto-piloted) 또는 반자동(semi-auto-piloted)의 방식으로 비행하는 비행체를 무인비행장치 혹은 무인항공기라 칭한다. 무인항공기는 비행체만을 의미하지 않고 더 큰 의미로 통칭하는데 비행체(aircraft)와 더불어서 지상통제장비(ground control system), 통신장비(data link), 탑재임무장비(payload), 지원장비(support equipments) 그리고 인적요소의 여섯 가지 구성요소를 통칭하기도 한다.

[표 1] 무인항공기의 이름과 개념[07]

용 어	일반적인 개념
드론 (Drone)	▪ 일반시민과 언론에서 가장 많이 사용되는 용어로 무인항공기를 통칭. 영국의 대공 표적기(Queen Bee)에서 처음 사용되고 영국에서는 소형 무인항공기(Small Unmanned Aircraft, sUAV)로 정의한다.
무인 비행장치 (UAV)	▪ Unmanned Aerial Vehicle의 약자로 무인항공기를 명확하게 하는 과정에서 생겨난 용어로서 무인 비행체를 의미한다. 우리나라 등 대다수 국가에서 현재 사용 중이다.
무인항공기 시스템 (UAS)	▪ Unmanned Aircraft(Aerial) System의 약자로 UAV 등의 비행체, 임무장비, 지상통제장비, 중계장비(데이터링크), 지원 체계를 포함한 것으로, 전체적인 시스템을 지칭 시에 사용된다. 미국은 UAS로 통칭하고 있고 현재 우리나라 군에서 UAS로 칭하고 있다.

07_ 서일수, 『드론 무인비행장치 필기 한 권으로 끝내기』

무인항공기 (UA)	▪ Unmanned Aircraft의 약자로 조종사가 미 탑승한 무인기가 원격으로 조종 또는 프로그래밍에 따라 비행이 가능한 무인기를 설명할 때 사용한다.
원격조종 항공기 (RPA)	▪ Remotely Piloted Aircraft의 약자로 ICAO에서 2011년부터 사용한 용어로, 조종자에게 책임을 지게 한다는 의미가 내포되어 있다.
원격조종항공기 시스템 (RPAS)	▪ Remote Piloted Aircraft System의 약자로 2013년부터 새롭게 생성된 용어로 UAS와 같은 의미로 보면 된다.

우리나라 법률에서 정한 바로는 무인항공기는 무인비행장치보다 커다란 비행체를 일컫는 개념으로써 150kg 이상과 이하로 각각 정의할 수 있다. 무인비행장치에는 흔히 드론이라 일컬어지는 무인비행기, 무인헬리콥터와 무인멀티콥터가 있으며 이들은 모두 자체중량이 150kg 이하여야 한다.[08] 이러한 무인비행장치는 드론으로 통칭하며 2000년대 들어 급격한 성장을 보였으며 중국의 DJI는 높은 기술력 바탕으로 전 세계의 70% 이상의 드론시장을 점유하게 되었다.[09] 드론에 적용된 기술도 카메라 촬영을 위한 안전운항(장애물감지/회피 등), 장거리 통신(영상전송), 지능형 비행모드 및 지능형 배터리 기술 등에 초점을 두고 개발됨으로써 영화, 방송 산업계엔 큰 획을 그었다.[10]

DJI사 드론의 최대 장점을 꼽으라면 헬기 항공촬영이 할 수 없는 저

08_ 항공안전법 시행규칙 제2조와 제5조를 참고할 수 있다.

09_ 김남희 2022. 3. 15. '세계 드론 점유율 1위 中 DJI, 美 제재에 소프트웨어 접근 막혔다.' ChosunBiz

10_ 항공우주산업기술동향 17권 1호 한창환

고도 근접비행이 가능하다는 점, 헬기 항공촬영에 비해 운용비행이 경제적이라는 점이었다. 기존 헬기 항공촬영을 하기 위해선 회사에 헬기 사용 요청을 한 뒤, 촬영계획을 헬기회사에 통보해야 했고, 촬영허가와 비행계획 제출 등 많은 과정이 필요하였다. 하지만 드론 항공촬영의 경우 드론 기체만 띄우면 쉽게 드론 항공촬영을 할 수 있었다. 인력과 고비용이 새로운 기술에 의해 절감될 수 있었다. 드론 항공촬영은 신속하게 항공촬영을 할 수 있었기 때문에 보도 영상에서 파급력 또한 커졌다. 하지만 단점 또한 존재하였다. 초기 드론의 단점인 기상변화의 취약점과 송수신기의 불안정성은 고민해야 할 문제점이었다. 가장 중요한 것은 '안전'이기 때문이었다.

초기 드론은 안정적인 드론 항공촬영을 하는 데 한계가 있었다. 촬영 제약은 헬기 항공촬영에 비해 적지만 악천후 상황이나 바람에 약점이 드러났다. 무선원격조정은 빌딩이 많은 수도권에선 전파간섭의 위험이 있었다. 이러한 전파간섭은 드론의 촬영 범위를 축소했다. 영상기자들은 안정된 장소에서 드론 항공촬영을 진행하였으나 사고는 피할 수 없었다. 초기 드론 사용에서 가장 불안한 요소는 기체와 조종기 간의 통신 상태였다. 드론의 사용 주파수는 2.4GHz 또는 5.8GHz이다. DJI 드론의 주파수 전송 거리는 기체마다 차이가 있지만, 최소 2km에서 최대 8km까지 가능하다고 매뉴얼 상에는 표시되었으나 현실에선 오차가 많이 있었다. 초창기 드론은 바람에 취약하였고, 강이나 산에서 드론 항공촬영을 했을 경우 신호 방해로 인한 GPS 신호를 인식하지 못하여 추락하는 사례가 많았다. 이런 불안정성과 큰 부피 때문에 사용상의 유의가 필요하였다. 사고의 대표적인 유형은 조종기와 기체와의

드론 기체가 떨어진 사고 당시 상황

통신 두절, 지상에서 GPS 신호 세기를 확인한 후 기체를 띄워도 특수 상황이 발생하면 끊기는 경우가 많았다. 난반사가 많은 강 위나 바다 위, 고층 빌딩 사이 등등에선 조종간에 유의가 필요하였다. 그렇다고 가만히 있을 수 없었다. 불확실성은 경험의 데이터로 최소화하려고 노력하였고, 새로운 기술과 기계가 나올 때마다 정보를 습득하였다. 사고 사례를 취합하였고 공유하였다. 사고 사례 공유의 목적은 '안전'이었다.

비행시간이 늘어나면서 데이터가 쌓이게 되었고, 이는 사고를 줄일 수 있는 방법이 되었다. MNG 발달로 중계에 대한 업무가 추가되었고, 영상기자의 업무는 영상취재의 업무에서 중 드론 항공촬영에 대한 업무도 추가되었다.

TV조선 영상취재부는 또다시 새로운 기술에 대한 준비를 시작하였다. 방준태 영상기자를 주축으로 드론 항공촬영을 시작하였다. 당시만 해도 개인 소유의 드론이었기 때문에 방준태 영상기자가 고군분투하여 데이터를 쌓았다. 드론 항공촬영은 현장 경험이 많은 사람이 유리하였기 때문에 전담팀을 구성하였다. TV조선 영상취재부 내에 드론 항공촬영팀이 꾸려졌고 회사에선 취재용 드론으로 DJI 사의 인스파이어2, 팬텀3을 구매하여 TV조선 보도영상에 적극적으로 사용하기 시작하였다. 방준태 영상기자는 부서원들을 대상으로 무인비행장치에 대한 설명과 그동안 축적해 온 사고 사례를 공유함으로써 사고의 위험성과 드론 항공촬영 기술에 대한 노하우를 공유하였다.

'우리는 절실했다.'

헬기도 없었지만 우리는 포기하지 않았다. 그리고 방법을 찾았다. TV조선 영상취재부는 전 영상기자들이 모두 드론 항공촬영을 진행할 수 있도록 교육하였고 모두가 언제 어디에 긴급 투입할 수 있는 능력을 갖추게 되었다. ENG 카메라만 담당한 영상기자는 드론 항공촬영까지 겸하게 되었다.

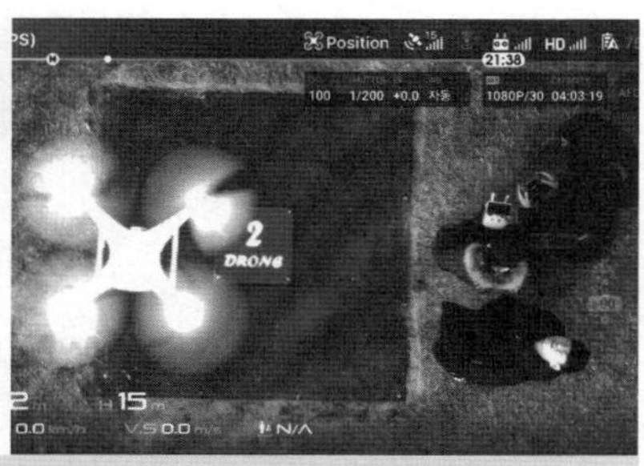

TV조선 영상취재부 드론 교육 현장

2) 헬기에서 드론으로

초창기 드론의 형태는 지금보단 부피가 컸고, 무인비행장치를 운용하는 데 있어 전문적인 기술을 필요로 하였다. 2000년대 초반에는 헬리콥터(Helicopter)와 카메라를 합쳐 헬리캠(helicam) 장비를 활용하여 항공촬영을 하였다. 헬리캠이란 생동감 있는 영상이나 사람의 접근이 어려운 곳에서의 촬영을 위해 소형 무인 헬리콥터에 텔레비전 카메라를 장착해 만든 원격 무선 조종 촬영 장비를 뜻한다.[11] 원격 조종 헬리콥터에 카메라를 장착하여 촬영하였다. 부피가 큰 헬리콥터에 카메라의 흔들림을 최소화해 줄 수 있는 짐벌(Gimbal) 제품을 장착하였기 때문에 무게와 부피는 더 커질 수밖에 없었다. 초기 헬리캠에는 야마하 R-MAX 모델이 있다. 농업용으로 설계된 원격 조종 헬리콥터에 카메라를 장착하여 항공촬영을 시도하였다. 야마하 R-MAX 헬기 메인 로터 직경은 3,130mm에 달하였다. 2010년대에 들어와서 DJI 사에서 S800 기체를 선보인다. 이 기체는 메인 로터의 길이를 1,180mm로 줄이는 데 성공한다.

11_ 네이버 지식백과

1997년에 도입된 야마하 R-MAX 헬기 메인 로터 직경은 3,130mm에 달한다.
출처: yamahamotorsports

DJI 스프레딩 윙 S00
출처: DJI 홈페이지

그 이후 팬텀(Phantom) 시리즈 인스파이어(Inspire) 시리즈를 선보이면서 '드론계의 애플'이라는 칭호를 얻으며 누구나 조종할 수 있는 드론을 만드는 데 성공한다. DJI에서는 쉽게 비행할 수 있는 안정적인 비행성능, 영상촬영 플랫폼 제어기술 등을 개발함으로써 전 세계 드론 분야 점유율을 높일 수 있었다. 특히 카메라 안정화 기술은 모터의 진동 드론의 자세, 불어오는 바람, 카메라 앵글을 조작하는 움직임 등의 많은 변수를 완벽하게 제어하고 영상촬영을 위해 안정화 플랫폼(Stabilizing Platform)을 독자 개발하였다. 이런 핵심원천기술은 항공촬영 등에 특화될 수 있었고, 고화질의 영상을 쉽고 편리하게 운용 가능하도록 하였다.[12] 점차 드론의 크기도 소형화되었고 영상을 촬영할 수 있는 카메라의 화소 또한 높이는 데 성공한다. 최근에 이르러서는 접이식으로 휴대성이 뛰어난 매빅 계열(Mavic Series)를 시장에 내놓았다. 기체의 크기도 335mm로 줄어들어 휴대하기 편해졌고 전 방향의 장애물을 감지할

12_ 2016. 03. 중국 DJI사 기술 수준 분석 홍승범 한국항공우주연구원

수 있는 능력까지 보유하였다.

2013년 춘천마라톤은 새로운 기술의 전환을 예고한 해였다. TV조선에선 춘천마라톤을 주최, 중계하였다. TV조선은 2013년 8개의 옥토콥터를 가진 무인비행장치에 DSLR 카메라를 장착하여 춘천마라톤에 활용하였다. 당시 마라톤 중계 촬영의 정석은 헬기 항공촬영을 통해 마라토너의 움직임과 자연의 풍경을 보여주는 방식이었다. 하지만 우리는 처음으로 마라톤 중계에 드론 항공촬영 기법을 도입하였다. 여기서 더 나아가 무인비행장치에 영상 송출기를 장착하여 생중계가 가능하도록 하였다. 이때 운용방법으로는 2인 1조가 되어 드론 조종만 전문으로 하는 인원과 촬영만 전문으로 담당하는 인원으로 구성하여 제작에 임하였다. 기술인력과 협업하여 성공적으로 2013년 춘천마라톤의 중계를 성공적으로 마무리하였다.

춘천마라톤 드론 테스트 당시 모습

2013 춘천마라톤 실제 중계 모습

무인비행장치는 발전을 거듭하여 2014년 TV조선 뉴스 보도영상에 드론이 처음 도입되었다. DJI사의 인스파이어2와 팬텀3 두 기종이었다. 드론 제작업체인 DJI사의 무인항공장비는 손쉽게 비행할 수 있는 기술을 발전시켜 헬기가 없었던 우리에겐 최고의 무기가 될 수 있었다. 초기 드론의 형태는 부피가 컸으나 점차 소형화되어 휴대하기 간편해졌다. 저가의 드론이 등장하였고 자동 비행모드로 혼자서 어렵지 않게 비행하면서 촬영할 수 있게 되었다.

드론의 발전과 영상취재기자의 운용력은 많은 보도 영상과 다큐멘터리 촬영 때 사용되었다.

2021년 발생한 대청호 녹조 피해 현장의 규모를 드론 항공촬영을 통해 시청자들에게 가늠할 수 있도록 하였고, 덕평 물류창고 화재현장에선 뼈대만 남은 건물의 잔해를 보여줌으로써 피해의 심각성을 보여줄 수 있었다. 사건 사고 현장뿐만 아니라 자연의 아름다운 풍광 등을 시청자에게 전달할 때도 드론을 활용한 항공촬영은 빛을 발휘하였다.

2021년 대청호 녹조 피해 현장

2021년 덕평 물류창고 화재현장

'우리는 포기 하지 않았다.'

헬기가 없어 항공촬영을 할 수 없었지만 포기하지 않았다. 새로운 길을 찾기 위해 모색하였고, 끈기 있게 도전하였다. 전 영상기자가 드론을 운용할 수 있는 교육과 촬영 시간을 이수 준수하였다. 언제 어디서든 투입될 수 있도록 준비하였다. 무인비행장치의 기술적 발전이라는 시대의 흐름을 놓치지 않았다. 우리는 간절했기 때문이다.

TV조선 스포츠 춘천마라톤 … 현장 드론 영상 2013. 10. 27.

TV조선 다큐 김포 과수원 풍경 드론 영상 2018. 5. 26.

contents

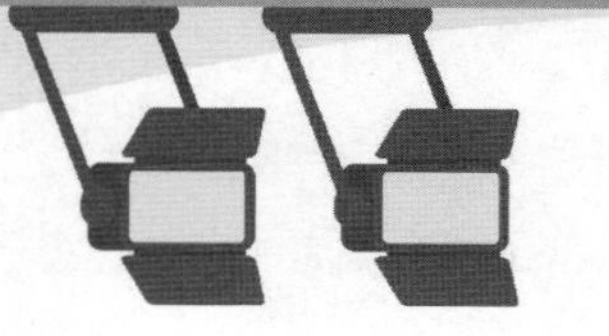
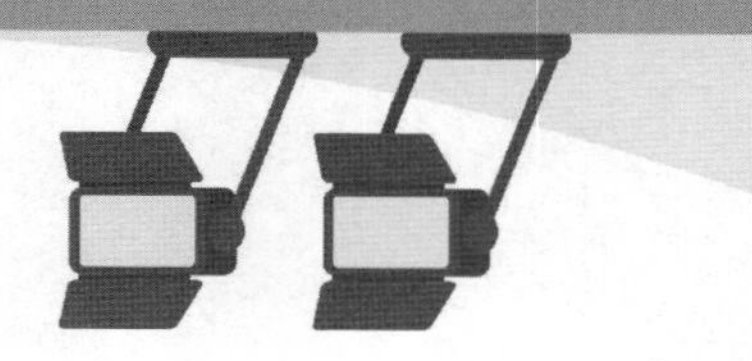

| Part 3 |

ENG가 전부는 아니다

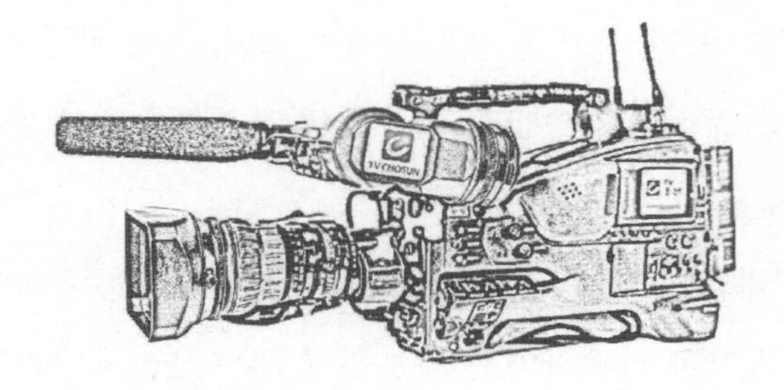

1. ENG를 내려놓다

민봉기

영상기자의 이미지를 머릿속으로 그려보자. 큰 카메라를 어깨에 메고 사건 사고 현장을 누비는 모습을 상상할 수 있다. 영상기자의 가장 큰 무기 카메라. 이 카메라가 ENG 카메라다. ENG는 Electronic News Gathering의 약자로 카메라 제조사들이 뉴스 보도를 목적으로 개발한 카메라다. 영상 촬상 장치(CCD, 이미지센서 등)와 저장 장치가 함께 결합된 카메라이기 때문에 촬영과 동시에 테이프, 메모리 카드 등에 녹화가 이뤄진다. 녹화 후 바로 방송에 활용할 수 있어 뉴스 취재에서 기동성·동시성·경제성 등의 이점이 있다.

현재에는 기술의 발달로 ENG 카메라의 실질적인 기능을 갖췄음에도 소형화가 많이 이뤄졌다. 그러나 여전히 어깨에 메고 안정적인 촬영을 할 수 있다는 점과 각종 인·아웃풋 라인 단자의 높은 활용도, 특히나 강한 내구성 등을 이유로 대부분의 영상기자는 ENG 카메라를 선호한다. 물론 일반적인 취재 현장에서는 그럴 수도 있겠다.

ENG 카메라로 영상 취재 중인 영상기자

TV조선 ENG 카메라

하지만 특별한 취재에서는 필요에 의해 ENG 카메라를 잠시 내려놓아야 할 때도 있다. 어떤 특별한 취재에서 TV조선 영상기자들은 ENG 카메라를 내려놓았는지 그 취재기를 소개한다.

1) 특종을 위해 내려놓다

민봉기

필자는 2분 남짓 되는 인터뷰 영상으로 '한국 기자상'[01]을 수상했다. 물론 이 영상 하나 때문만은 아니겠지만, 이 인터뷰가 큰 역할을 한 것임에는 분명하다. 이 영상은 지난 2016년 대한민국을 충격에 빠뜨린 이른바 '최순실 게이트' 사건의 당사자 최순실 씨의 단독 인터뷰 영상이다. 모든 언론사가 이 영상을 받아 사용했으니 독자들도 많이 알고 있는 영상일 것이다. 지하 주차장에서 기자의 질문에 손으로 카메라를 쳤던 최순실 씨의 모습. 필자 역시 아직도 그 모습이 잊혀지지 않는다.

2017년 제48회 한국 기자상 시상식

01_ 한국기자협회가 지난 67년부터 전국회원을 대상으로 그해에 보도된 기사 중 가장 뛰어난 기사를 가려내 수여하는 상

이날의 취재가 가능했던 것은 필요에 의한 촬영장비의 선택이 주효했던 것 같다. 아직도 많은 영상기자들은 고집스럽게 ENG 카메라를 선호하고 있지만 필요에 의해 과감하게 ENG 카메라를 내려놓을 필요가 있다고 생각한다. 기술의 발전으로 시대가 변하고 있고 그 흐름에 영상기자들도 변화해야 한다.

지옥문

2016년 7월의 어느 날 오후 6시 강남 청담동 고급 오피스텔 앞은 여느 때와 다름없이 퇴근길을 재촉하는 사람들로 붐볐다. 그날은 비가 추적추적 내렸다. 우산을 쓰지 않으면 마치 얼굴에 미스트를 뿌리는 것 같은 썩 기분 좋은 날씨는 아니었다. 핸디캠[02]과 와이어리스[03]만을 넣은 소형 가방을 부둥켜안고 지하 주차장으로 향했다. 한 걸음씩 내디딜 때마다 지하 주차장 특유의 곰팡이 냄새가 코끝을 찔러댔다. 이내 비까지 내려 습하고 꿉꿉한 공기가 온몸을 감쌌다. 내려갈수록 주변을 살피는 눈동자의 움직임도 빨라졌다. 지은 죄도 없는데 죄지은 사람처럼 지옥문을 향해 내려가는 것 같은 기분이 들었다.

대한민국을 발칵 뒤집어 놓은 '최순실 게이트' 사건의 당사자. 최순실의 자택 지하 주차장이다. 지옥과도 같았던 이곳에서 7일간 다른 사람의 눈을 피해 그녀를 기다렸다.

02_ 동영상 촬영을 목적으로 사용하는 휴대용 가전제품으로, 일반적으로 비디오카메라에 녹화 기능을 추가한 기기

03_ 코드가 없는 소형 마이크. 줄이 없기 때문에 사용자가 자유롭게 움직일 수 있는 곳에 쓴다.

시작

2016년 5월. 오전 회의를 마친 부장이 긴급 호출을 했다. "오늘부터 TF팀 파견이야. 무슨 취재인지는 일단 가서 확인해봐." 기간도, 어떤 취재 내용인지도 알려주지 않았다. 아니 몰라서 말을 못 해줬을 것이다. 그만큼 사내에서도 보안을 중요하게 생각하는 취재였다. 어느 정도로 보안을 강화했냐면 TF팀 회의에서도 최순실이란 이름을 몇 번 들어보지 못했다. 성, 또는 이니셜로만 불렀다. 그래서 첫 회의에 참석했을 때 당최 무슨 말인지 알아들을 수가 없었다. "'C'가 어쩌고, 그래서 '고'랑 엮여있고, 우린 먼저 '종'을 파봐야 하고." 이런 식이다. 회의를 마치고 나서야 TF팀장인 이진동 부장이 나를 따로 불러 설명해줬다. 요약하자면 '최순실 국정농단' 그러면서 영상파일을 하나 건넸다. 그 영상이 바로 이른바 '의상실 CCTV' 영상이다.

2016년 당시 최순실 씨가 거주하던 자택 전경

그곳에 진열된 옷과 박근혜 전 대통령이 입었던 옷을 찾아내는 미션을 수행했다. 그리고 그 미션이 거의 끝날 무렵 지시가 떨어졌다. “아무래도 최순실을 직접 촬영해야 할 것 같다. 내일부터 뻗치기 돌입이다.” 정보는 사는 집과 차량 종류, 차량 번호. 그리고 언제 찍혔는지도 모를 선글라스 낀 최순실 사진 1장이 전부였다. 사실 이 정도 정보만으로도 충분했고, 하루 이틀이면 취재가 가능할 것으로 생각했다. 보기 좋게 예상은 빗나갔지만….

숨어야 산다

사전답사로 거주지인 청담동 고급 오피스텔에 갔다. 지하에 마련된 주차장은 상가 주차장과 입주민 주차장이 따로 분리돼있었는데 입주민 주차장은 외부 차량 진입이 불가능했다. 보통의 뻗치기[04]라면 회사 로고가 없는 차량을 타고 그 안에서 기다린다. 밖에 있으면 노출되기 십상이기 때문이다. 더구나 차량 정보만 알고 있던 우리는 무조건 주차장에만 있어야 했다. 외부 차량 진입이 안 되는 곳이라면 맨몸으로 기다려야 하는 상황이었다. 거기에 더해 경비 요원들의 순찰도 삼엄했다. 행여나 입주민들의 눈에 들어 신고라도 한다면? 최순실은 물론 입주민과 경비 요원들까지 숨바꼭질을 해야만 했다. 기회는 단 한 번뿐이다.

04_ 취재원, 또는 어떤 상황을 무작정 기다리며 취재하는 방식

최순실 씨 취재를 위해 지하 주차장 창고에 숨어 대기하는 취재기자

작은 고추가 매운 법!

사전답사로 두어 시간 남짓, 온몸이 땀범벅이 됐다. 지하 주차장이 냉방이 될 리도 없고 매연으로 목까지 아파왔다. 사전답사만으로도 진이 빠져버렸다. 30도를 웃도는 바깥이 오히려 시원하게 느껴졌다. 잠시 정신을 차리고 촬영장비부터 생각해봤다. 일단 ENG 카메라로는 취재가 불가능해 보였다. 영상기자들이 주로 사용하는 ENG 카메라는 대체로 크기와 무게가 압도적이다. 이는 불편하고 기동성에 영향을 줄 것처럼 보이지만 사실은 그렇지 않다. 전천후 줌렌즈를 장착해 취재의 편의성이 높고, 비바람에도 끄떡없을 만큼 내구성이 강하며, 어깨 위에 메고 촬영을 하기에 흔들림이 적어 안정적이다. 신속성을 요구하는 수많은 현장에 최적화돼있다고 해도 과언이 아닐 정도다. 실제로 영상기자

들도 현장에서는 ENG 카메라를 선호하는 편이다. 하지만 ENG 카메라는 그 크기 때문에 존재감이 매우 커서 눈에 띄지 않게 촬영하는 것이 매우 어렵다. 카메라를 트라이포드에 얹기도 전에 쫓겨나기 일쑤다. 이렇게 잠복 후 순간을 취재해야만 하는 현장에서는 소형 핸디캠이 투입된다. 촬영도 해보기 전에 쫓겨날 순 없기 때문이다. 그리고 대부분 그런 현장에서 취재에 성공한다면 특종으로 이어질 가능성이 크다. 작은 고추가 그 맵기를 발휘하는 순간이다. 난 그 작은 고추를 선택하기로 했다.

최순실 씨 지하 주차장 인터뷰를 촬영한 소형 핸디캠

화장실에서의 8시간

차량진입이 안 되는 지하 주차장을 걸어서 내려갔다. 사소한 것이지만 의심을 사지 않기 위해 수리업자 차림으로 연기하며 내려갔다. 처음

1시간은 대형차량 뒤에 쭈그려 숨어있었다. 다리에 쥐도 나고 무엇보다 초여름 7월의 지하 주차장은 매우 덥고 불쾌하게 습했다. 주변 공기도 매연으로 가득한지 매캐한 냄새가 코끝을 찔러댔다. 가장 견디기 힘들었던 것은 노출되면 안 된다는 압박감이었다. 마음만이라도 편하게 있으면 견딜 수 있을 것 같았다. 그래서 찾은 곳이 화장실이다. 1평 남짓 운전기사 전용 화장실이 있었는데 그곳 변기에 앉았다. 문을 걸어 잠그고 쿵쾅대는 심장을 부여잡으니 이게 또 세상 편하다. 인간은 적응의 동물이라 했던가? 그렇게 8시간을 있었다. 이제 첫날인데, 계속 이렇게 있을 수만은 없었다. 뭔가 작전이 필요했다.

작 전 1

취재 인원은 취재기자, 영상기자, 오디오맨 단 세 명. 작전을 세웠다. 오디오맨은 건물 외부 주차장 입구에 배치해 해당 차량이 들어오는지 감시하는 역할을 시켰다. 취재기자는 마치 운전기사처럼 말끔한 정장 차림으로 주차장 내부를 감시하는 역할을 했다. 그리고 영상기자는 화장실과 지하 주차장에 마련된 입주민전용 창고를 베이스캠프 삼아 두 곳을 이동하며 대기했다. 최순실과 조우했을 때의 행동을 수없이 되뇌었다. 이렇게 4일 정도 지났을까? 지하 주차장에 해당 차량이 없는 것을 확인하고 대기 하고 있을 무렵 오디오맨[05]에게 연락이 왔다. "선배님 차량 들어가고 있습니다." '아, 이제 끝이구나'라는 생각과 함께 심장이 요동치기 시작했다. 그리고 주차만 되어있던 차량이 눈앞에 나타났다.

05_ 촬영보조요원. 뉴스현장에서 영상기자의 취재를 보조하는 역할을 담당한다.

최순실 씨 자택 지하 주차장 입구

그런데 그 차량 안에는 운전기사로 보이는 웬 남자 혼자 타고 우리 앞을 쌩 지나갔다. 카메라를 뺄 시간조차 주지 않고, 행여나 들켰을까? 다시 화장실로 급히 몸을 숨겼다. 지옥 같은 지하 주차장을 드디어 나갈 수 있나 했는데 그저 허무하기 짝이 없었다. 운전기사라는 예상치 못한 경우의 수가 또 발생했다. 그래서 다른 작전을 펼쳤다. 우리가 대기하는 시간의 변화가 그것이다.

작 전 2

대기 시간의 변화. 기존에는 오전 8시부터 오후 7까지 대기 했다면 매일매일 대기 시간에 변화를 주기로 했다. 다음날은 오전 11시부터 오후 9시까지, 그다음 날은 오후 1시부터 오후 10시까지. 이런 식이

최순실 씨 차량 전용 주차공간

다. 뻗치기 일주일째, 이날은 이상하게 밤새 있어 보고 싶었다. 그래서 아예 오후 6시에 진입했다. 어김없이 걸어서 지하주차장을 진입하는데 최순실 차량이 평소 주차하는 층이 아닌 다른 층에 주차가 돼 있는 것을 발견했다. 황급히 화장실에 몸을 숨기고 취재기자는 엘리베이터 앞을 지켜섰다. 얼마 후 취재기자의 다급한 목소리가 들렸다. "선배, 최순실이 나옵니다." 가방 안에 있던 핸디캠을 꺼내 와이어리스를 설치한 뒤 품속에 품었다. 그리고 화장실을 나서는데, 최순실이 차량에 이미 탑승하고 있었다. 최순실과 눈이 마주친 그때 카메라를 꺼내야 하나 마나 순간적으로 머릿속이 하해 졌다. 그 사이 이미 차량에 탑승한 최순실, 지금 카메라를 꺼내면 다시는 최순실을 볼 수 없을 것 같았다. 카메라를 꾹꾹 눌러 담고 나가는 차량을 그저 지켜봤다. 직접 운전석에서 운전해 빠져나가는 것을 목격했으니 운전기사라는 변수는 사라졌고 어떤 옷을 입었는지도 분명해졌다. 본인이 운전해서 다시 돌아올 터, 대기는 또 시작됐다.

만남

처음과 같은 상황이었지만, 희망이 있었다. '이제 들어오기만 하면 된다.' 그리고 자정이 다된 시각 오디오맨에게 연락이 왔다. 황급하지만 밝은 목소리였다. "선배님, 진짜 들어갑니다." 너무나 듣고 싶은 말이었다. 취재기자와 화장실에 몸을 맡긴 채 숨죽여 기다렸다. 그리고 귀를 찌를 듯한 타이어와 주차장 바닥 마찰음 소리가 들렸다. '들어왔구나.' 몇 시간 전에 봤던 그 차량이 천천히 우리 앞에 들어오고 있었다. 아무것도 모르는 최순실은 차량에 내려 우리 취재진과 맞닥뜨렸다. 방송사 최초로 최순실을 취재하는 순간이었다. 최순실 취재를 마치고 지하 주차장을 나오니 비가 추적추적 내리고 있었다. 마치 지옥을 탈출하는 기분이었다. 이날의 취재는 필자에게 생애 처음 한국 기자상의 영애를 안겨줬다. 만약 이 취재를 ENG 카메라로 촬영했다면 어땠을까? 물론 최순실이 내 카메라를 손으로 쳤을 때 흔들림은 다소 적었을 수는 있다. 하지만 일주일 넘게 그곳에서 버틸 수 없었을 것이다. 결국, 장비는 취재의 한 도구일 뿐이다. 무엇을 어떻게 촬영하는지가 중요하다.

화장실 입구에서 최순실 씨를 기다리는 취재기자

최순실씨 인터뷰 모습

TV조선 뉴스9 / 최순실 포착 … "이런 거 찍지 마세요." 격한 반응(2016. 10. 25.)

2) 안전을 위해 내려놓다

민봉기

'역사를 기록한다.' 영상기자인 필자의 신념은 지금도 유효하다. 어떤 상황에서도 국민의 알권리를 위해 카메라를 들어야 한다는 직업적 사명. '사건 현장 취재가 먼저냐 사람을 구하는 것이 먼저냐?' 하는 윤리적인 문제는 제쳐놓고 기자를 향한 폭언과 고성이 난무하는 현장이라면? 영상기자도 사람이기에 위축될 수밖에 없다. 이러한 이유로 TV조선 영상기자들이 꺼리는 취재 현장이 있다. 바로 집회 취재, 그냥 집회가 아닌 TV조선을 곱지 않은 시선으로 바라보는 특정 단체의 집회 취재가 그것이다.

집회현장에서 소형 핸디캠으로 취재 중인 영상기자

현장에서 영상기자는 카메라를 쥐고 있고, 그래서 눈에 잘 띄기 때문에 항상 타깃(traget)이 된다. 지난 2013년 한 노조의 파업 당시 지도

부 일부가 경찰을 피해 종교시설에 은신하고 있었다. 그런데 이곳에서 노조원들이 기자회견을 생중계하던 취재진에게 폭력을 행사하는 사건이 발생했다. 당시 현장을 중계하던 영상기자는 이렇게 회상했다. "기자회견 현장이었는데 그들에게 다소 불리할 수 있는 질문이 나오자 욕설과 함께 카메라로 달려들었다. 어떻게 손써볼 겨를도 없이 포토라인[06]이 무너졌고 그야말로 아수라장이 됐다. 위협적인 상황이었지만 생중계 중이었기에 곧바로 철수할 순 없었다. 그 상황도 기록으로 남겨야만 한다고 판단해 촬영을 계속 이어갔다." 당시 계속된 촬영으로 인해 기자 폭행 사건을 보도할 수 있었다.

노조원들에게 둘러싸인 취재진 모습

06_ 취재 현장에서 취재원과 기자들의 안전을 위해 임시로 만든 선. 보통은 바탕에 '포토라인'이라고 적힌 테이프를 붙인다

이 일을 비롯해 현재까지도 특정 단체의 집회 현장에서는 TV조선 영상기자를 향한 폭언과 위협적인 행동은 여전하다. 그나마 최근에는 기자협회의 성명서 등의 발표로 인해 예전처럼 심하지는 않지만 폭언과 위협은 계속되고 있다. 급기야 본사에서는 이 특정단체 집회 취재 활동을 최대한 자제하라는 지침까지 떨어졌다. 하지만 취재원이 취재를 거부할지언정 취재 자체를 그만할 수는 없는 노릇이었다. 어찌 됐든 뉴스는 매일매일 생산되기 때문이다. 그래서 생각한 것이 소형 카메라다. 로고가 붙어있지 않은, 그들이 우리를 쉽게 알아보기 어려운 핸디캠 또는 액션캠으로 촬영을 진행하는 방식이다.

트라이포드도 지참하지 않은 채 핸드헬드(handheld)[07] 촬영으로만 취재했다. 소형 핸디캠은 영상품질에 있어서 큰 발전을 이뤄냈다. 4K 촬영 뿐만 아니라 스테빌라이져(Stabilizer)[08] 기능으로 인해 흔들림이 매우 적어 트라이포드 없이도 충분히 촬영이 가능하다. 핸디캠으로 촬영을 할 때에는 채증[09]을 하는 경찰로 오인 받아 항의 받을 때가 더 많지만 폭언이나 위협을 당하는 경우는 상당히 해소됐다. 이 때문에 과거에 ENG 카메라로 취재 할 때보다 심적인 면에서 부담이 훨씬 덜해지게 됐다.

07_ 카메라를 삼각대에 올려 촬영하지 않고 손으로 들고 촬영하는 기법

08_ 손떨림 방지 기능. 카메라 내에 전자제어 장치로 카메라 흔들림을 제어해주는 기능

09_ 증거를 수집하는 행위, 또는 과정. 최근 경찰은 핸디캠으로 불법행위 등을 촬영해 증거를 수집한다.

액션캠으로 집회현장을 취재 중인 영상기자

스마트폰을 활용해 집회 현장을 근접 취재 중인 영상기자

소형 핸디캠에 더해 MNG 장비 역시 더욱 업그레이드됐다. 이 덕분에 핸디캠으로도 중계 업무도 가능케 됐다. 다기능의 ENG 카메라를 사용하지 않더라도 충분히 그 기능을 하게 된 것이다. 더 나아가 이제는 스마트폰 카메라로도 보도영상을 취재한다. 스마트폰 카메라 기술이 발달함으로써 언제 어디서든 양질의 영상을 촬영할 수 있게 됐다. 카메라 기술의 발달, 그리고 통신의 발전으로 영상기자는 더 이상 ENG 카메라에 연연하지 않아도 된다. 언제 어느 때, 어느 장소에서든 촬영을 할 수 있게 됐고 그것이 뉴스로 방송될 수 있게 됐다. 중요한 것은 ENG 카메라를 내려놓음으로써 위험한 상황을 어느 정도 모면할 수 있다는 점이다. 이는 영상기자로서의 마음가짐의 변화를 요구하게 됐다. '내가 있는 곳은 언제 어디서든 기록이 가능하다.'

3) 방송을 위해 내려놓다

민봉기

지난 2019년 9월 태풍 '링링'이 한반도에 불어 닥쳤다. 최초 소형급으로 분류된 링링은 한반도로 북진하며 '매우 강'의 중형급에 도달하기에 이르렀다. 이 거대해진 태풍을 취재하기 위해 제주도행 비행기에 몸을 실었다.

태풍 취재는 변수가 많다. 비, 바람, 파도. 결국 물과의 싸움이다. 다른 취재 현장보다도 카메라가 물로 인한 피해를 훨씬 많이 받는다.

그래서 카메라에 씌우는 레인커버[10] 를 비롯해 김장 비닐, 수건 등을 추가로 지참한다. 거기에 한 가지 더 추가했다. 바로 소형 핸디캠이다. 정말 만에 하나, 그럴 일은 없겠지만 그 내구성 강한 ENG 카메라를 대체하기 위함이다.

평소 출장 장비의 두세 배의 짐을 가지고 출발했다. 비행기가 뜬다는 것, 제주도에 갈 수 있다는 것은 태풍의 세기가 그리 크지 않다는 것을 의미한다. 그래서 현장에 도착했을 때 그렇게 생각했다. '평소보다 바람이 좀 분다? 이대로 지나가겠는데?' 항상 시작은 그렇지만 태풍 현장은 예측이 불가능하다.

ENG 카메라로 중계준비를 하는 모습

10_ 우천 시 물로부터 카메라를 보호하기 위해 씌우는 방수재질의 장비

어둠이 내려앉자 이내 몸을 가누기 힘들 정도의 바람이 몸을 마구 때려댔다. 이 정도의 바람이면 강풍 피해가 예상됐다. 취재기자와 서귀포로 이동했다. 제주 남쪽 지역에는 전통적으로 태풍의 영향을 가장 많이 받는 지역이기 때문이다. 서귀포에 들어서자 피해 현장이 눈에 들어왔다. 도로 위 가로수가 뽑히고, 신호등이 쓰러지고 낙엽들은 갈피를 못 잡고 마구 날아다녔다. 태풍으로 다니는 차량도 많이 없어 도로는 을씨년스럽기까지 했다. 크고 작은 피해의 현장을 생생하게 시청자들에게 전달하기 위해 메인뉴스 중계에 필요한 밑그림 스케치 촬영을 시작했다. 카메라에 물 한 방울 들어가지 않을 만큼 꼼꼼하게 감싼 채 말이다. 강풍을 온몸으로 버텨내며 정신없이 취재한 지 얼마나 지났을까. 예정된 메인뉴스 기자중계 시간이 한 시간도 채 남지 않았다. 이제 스케치 촬영을 마무리하고 중계준비를 할 시간, 바로 그때였다. 카메라 뷰파인더 안에 아무것도 보이지 않았다. 말 그대로 눈앞이 깜깜했다. 아무리 꼼꼼히 카메라를 감쌌다 하더라도 계속된 강풍에 틈이 생겼을 터. 물로 인한 카메라 '셧다운'이다. 아무것도 생각나지 않았다. 그냥 요동치는 심장 소리만 느낄 수 있었다. '아, 이건 정말 큰일이다.' 영상기자는 현장에서 영상에 대한 모든 것을 책임져야 한다. 특히 중계 업무는 한 번의 실수가 곧 방송사고로 이어진다. 어떤 일이 발생하더라도 그 누구도 영상기자가 처한 상황을 대처해줄 수가 없다. 문제가 발생하면 혼자 해결해야만 한다. 어떻게든 방송사고만은 막고 싶었다. 시간과의 싸움이 시작됐다. 남은 시간은 40여 분 남짓. 이동시간, 스케치 영상 송출시간, 중계 준비 시간, 모든 시간을 낭비 없이 사용해야 한다.

강풍에 쓰러진 가로수들, 소형 핸디캠으로 촬영한 영상

우선 차량에 탑승했다. 영상취재부엔 이럴 때를 대비한 매뉴얼이 있다. 태풍이나 장마 등 악천후 취재 도중 카메라가 셧다운 됐을 때의 상황을 가정해서 만든 것. 매뉴얼대로 우선 상황 설명을 내부에 보고한 뒤 폭우와 강풍을 피해 차량에 탑승했다. 레인커버를 벗기고 배터리를 분리했다. 차량의 공조기를 히터로 바꾸고 가장 강하게 틀었다. 1차적으로 빠르게 카메라를 건조해야 한다. 이때 중요한 것은 절대 카메라 전원 켜기를 하지 않는 것이다. 안쪽까지 물이 침투한 가운데 카메라에 2차 데미지를 주지 않기 위함이다. 카메라를 건조하며 중계 포인트로 이동했다. 카메라 셧다운 상황에선 MNG를 통한 영상 송출이 불가능하기에 노트북으로 스케치 영상을 보내기 시작했다. 카메라를 건조한 지 20분, 중계시간까지도 20여 분이 남았다. 스케치 영상 송출도 모두 마무리됐다. 이제 카메라가 켜져야만 한다. 이게 켜지지 않는다면? 상상도 하기 싫었다. 다시 배터리를 장착하고 전원 버튼에 손을 갖다 댔다. 손끝이 긴장감으로 떨렸다. '틱' 카메라를 켰다. 하지만 여전히 카메라는 고요했다. 두 번은 켜보지 않았다. 중계를 포기하고 보고 전화를 든 순간, 무심결에 챙겨온 핸디캠이 떠올랐다. "혹시 안되면 이걸로라도 찍어야지~.", "혹시 안 되면 안 되지~." 선배들과 출장 출발 전 웃으며 주고받던 농담이 현실로 다가왔다. 가방 깊숙한 곳 핸디캠을 꺼내 들었다. 중계방식은 똑같다. MNG와 연결하는 라인만 다를 뿐. 실제 민주노총 집회에서도 중계용으로 사용해 성공한 사례도 있다.

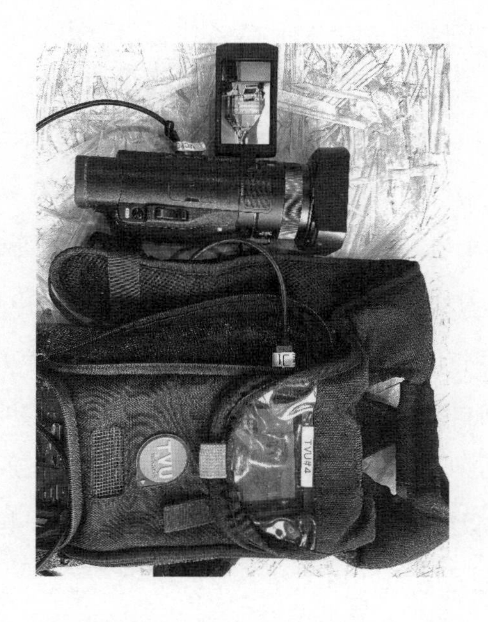

소형 핸디캠에 MNG 중계 장비를 연결해 테스트를 진행하는 모습

중계 포기를 알리려던 보고를 핸디캠 중계 보고로 바꿨다. 부장은 "그래 한번 해보라." 하며 "핸디캠은 강풍과 폭우에 더 약할 수 있으니 트라이포드에 얹지 말고 손으로 들고 촬영하라." 일러줬다. 몸으로 최대한 핸디캠을 보호하라는 의미다. HDMI 케이블을 연결하고 MNG를 켰다. 부조에서는 신호가 좋다고 일러줬다. 이 시점이 중계를 약 7분 정도 앞둔 시각. 제발 7분만 버텨주길 기도하며 핸디캠을 부여잡았다. "중계 1분 전입니다. 스탠바이 하세요." 부조의 전화 소리에 이내 고요해졌다. 거친 파도 소리와 세찬 빗소리만 들렸다. 그리고 중계 시작, 모니터링용 스마트폰에 실시간으로 내가 촬영하고 있는 영상이 방송되고 있었다. "지금까지 제주에서 TV조선 ○○○입니다." 마지막 기자의 멘트. 이윽고 부조에서 "제주팀 수고하셨습니다!"라고 말했다. 세상 반가운 소리였다. 온몸에 힘이 쫙 빠졌다. 앞선 40분의 시간이 주마등처럼 스쳐 지나갔다. 그렇게 하루가 지나고, 다음날이 되자 거짓말처럼 ENG 카메라가 잘 작동하기 시작했다. 지금 와서 생각해보면 두 번 다시 마주치고 싶지 않은 경험이다. 만약 핸디캠이 없었더라면? 분명 그날의 중계는 하지 못했을 것이다. 분명한 것은 핸디캠이라는 소형 장비로 ENG 카메라를 대체해 중계 업무까지 무사히 마쳤다는 점이다. 또 이날을 계기로 나 자신도 생각이 많이 바뀌었다. 그것은 바로 이제는 영상 취재에 있어 사용하는 카메라가 중요한 것이 아니라는 점이다. 꿩 대신 닭. 그 닭은 수없이 많다.

TV조선 뉴스9 태풍 중계화면(2019년 9월 5일)

"그날을 계기로 중요한 취재현장에서는 항상 보조카메라를 챙겨가곤 합니다. 어쨌든 카메라도 전자기기이기 때문에 언제 어떻게 문제가 생길지 모른다는 불안한 요소를 항상 안고 있는 거죠. 그것을 예측하고 얼마나 준비하느냐에 따라 때로는 취재의 성패가 갈리게 된다는 사실을 깨달았습니다. 또 무조건 ENG 카메라를 고집하지 않게 됐어요. 카메라의 종류보다 어떤 결과를 내느냐가 더욱 중요하단 걸 알게 되었습니다."

– 김위준 TV조선 영상취재2부 기자

TV조선 뉴스9 가을 태풍 '링링' 북상에 제주 비 중계(2019. 9. 5.)

4) 영상미를 위해 내려놓다(동영상을 촬영하는 사진기 DSLR)

민봉기

DSLR은 기존 필름 카메라에서 디지털 방식을 더한 카메라다. 'Digital Single Lens Reflex'의 줄임말로 기존의 필름 카메라는 35mm 필름 규격을 사용했다면 DSLR은 이미지센서를 장착해 필름

2009년 캐논사에서 출시한 5D Mark2
출처: 캐논 홈페이지

대신 저장장치에 기록하게 된다. 이미지 센서의 크기가 35mm 규격이면 풀프레임, 그보다 작으면 크롭바디라는 이름으로 또다시 나뉘게 된다. 크롭바디에 비해 풀프레임 바디가 이미지센서가 더 크기 때문에 좀 더 선명하고 정교한 촬영이 가능하게 된다.

풀프레임 DSLR 카메라 최초로 Full HD 동영상 기능을 탑재한 캐논 'EOS 5D Mark II'의 등장으로 많은 촬영자들은 그 능력에 감탄하게 된다. 처음 방송에 도입된 건 2010년 한 예능에서였다.

기존에 봐왔던 심도[11]에 비해 현저히 얕은 심도로 피사체를 더욱 돋보이게 하는 효과뿐만 아니라 색감까지 우수해 방송 후 이슈가 됐다.

하지만 DSLR 카메라는 초점을 맞추는 게 매우 어렵다. 얕은 심도는 양날의 검인 셈. 피사체에 초점을 잘 맞추면 피사체를 제외한 나머지

11_ 초점이 맞는 범위

부분은 뿌옇게 흐려지는 효과를 얻을 수 있다. 이 때문에 피사체가 더욱 돋보이게 되지만 그만큼 초점을 정확하게 맞추는 게 어렵기 때문에 자칫 잘못하면 어느 피사체에도 초점이 맞지 않는 결과물을 얻을 수도 있다. 이와 같은 명확한 단점 때문에 보도영상에서는 적합하지 않은 카메라로 인식됐다.

2018년 캐논사에서 출시한 EOSR

하지만 기술의 발전으로 위와 같은 단점을 보완한 자동초점 기능을 갖춘 DSLR이 등장했다. 여기에 더해 DSLR의 미러박스를 없애 바디 크기가 최소화되어 휴대성까지 더욱 좋아진 풀프레임 미러리스 카메라도 출시됐다. 이전에도 보도영상에서는 간간이 인터뷰 등에서 DSLR을 사용해왔지만, 자동초점 기능을 갖춘 DSLR의 등장으로 다큐멘터리뿐만 아니라 보도영상에서도 차츰 사용되기 시작했다.

TV조선은 2018년 캐논 EOSR이 출시됨과 동시에 구매해 다큐멘터리뿐만 아니라 다양한 취재 현장에서 활용하고 있다.

미러리스 카메라로 촬영한 특집다큐 '농부는 내 운명'

DSLR 카메라의 도입으로 보도영상의 질을 높이기 위한 영상기자들의 무기는 한층 강화됐다. 렌즈를 매번 교체하며 사용해야 하는 번거로움이 존재하지만 특유의 얕은 심도에서 오는 매력에 비할 것이 아니었다. 특히 중요한 인물의 인터뷰 촬영 시에는 ENG 카메라와 함께 거의 필수적으로 사용하게 됐다.

DSLR을 활용해 촬영한 가수 김창완씨 인터뷰

DSLR 카메라는 무한한 확장능력을 갖추고 있다. 카메라의 크기가 매우 작아서 짐벌, 슬라이더 등 특수한 카메라 보조 장치에 연결해 사용할 수 있다. 이는 보도 영상에 있어서 ENG 카메라로는 절대 따라 할 수 없는 능력이다.

시청자들에게 안정감을 줄 수 있는 카메라 흔들림 제어 장치만 해도 그렇다. 무게가 상당한 ENG 카메라로는 스테디캠(Steadicam)[12]이라는 장치에 연결해야만 그 효과를 볼 수 있다. 하지만 스테디캠은 자체 무게만도 20kg이 훌쩍 넘고 카메라까지 얹으면 그 무게는 배로 늘어나게 된다. 신속성을 요구하는 보도 현장에서 그만한 무게의 장비를 들고 다닌 것부터가 무리다. 하지만 짐벌(Gimbal)[13]은 다르다.

짐벌은 스테디캠과 다르게 모터로 흔들림을 제어하는 장치다. 흔히 사용되는 것이 3축 짐벌인데 가운데 무게중심점(Center of Gravity)을 기준으로 가로축, 세로축, 수직축의 모터가 회전하며 수평을 맞춰준다. 물론 아직도 영화나 기타 제작현장에서는 스테디캠 고유의 느낌을 살리기 위해 사용하지만 최소한 보도영상 촬영 현장에서만큼은 작고 가볍고 설치와 사용 모두 간편한 짐벌의 사용 빈도수가 절대적으로 많을 수밖에 없다.

12_ 사람 몸에 장착하여 사용하는 장비로 카메라의 흔들림을 흡수해 주는 장치다. 미국의 가렛브라운 (Garrett Brown)이 발명했다. 1976년 영화 Bound for Glory에 처음 사용되어 아카데미 최우수 촬 영상을 수상했다. 특히, 영화 록키에서 주인공 록키 발모아가 필라델피아 미술관 계단을 오르며 훈 련하는 장면은 스테디캠 시스템 테스트 도중 처음 촬영된 것으로 유명하다.

13_ 기기나 장비가 수평 및 연직으로 놓일 수 있도록 전후, 좌우, 방향축에 대하여 회전을 허용하는 지 지 장치

스테디캠
출처: 위키백과

DJI사에서 출시한 RONIN 짐벌
출처: DJI 홈페이지

[표 2] 스테디캠과 짐벌 비교

항 목	스테디캠	짐 벌
장점	– 직관적이고 자연스러운 움직임의 촬영 가능	– 쉬운 작동법 – 저렴한 가격
단점	– 비싼 가격 – 높은 숙련요구 – 다소 오래 걸리는 장비 세팅시간	– 큰 카메라 사용 불가 – 캥거루 워킹[14]

보도영상에서도 위와 같은 DSLR 카메라와 보조 장비들을 활용해 촬영하기 시작하면서 영상의 질이 높아지기 시작했다. 예를 들면 검찰 외경 스케치를 할 때 기존에는 패닝과 틸트 정도만 촬영했던 것을 슬라이더[15]를 활용해 더 다양하게 표현할 수 있게 됐고, 기자 스탠드업[16] 촬영 역시 짐벌을 활용하면서 박진감 있게 촬영할 수 있게 됐다. 그뿐만 아니라 시간의 흐름을 아름답게 표현하는 타임랩스 기법[17], 더 나아가 움직임을 더한 모션타임랩스 촬영까지 보도영상에서도 활용할 수 있게 됐다. ENG 카메라로는 한계가 있던 촬영들을 DSLR 카메라를 선택하면서 영상기자들이 표현할 수 있는 범위가 더욱 넓어지게 된 셈이다.

14_ 사람이 걷거나 뛸 때 생기는 위·아래 움직임

15_ 레일이 장착돼 모터의 힘으로 카메라를 좌우 또는 앞뒤로 이동하며 촬영 할 수 있는 장치

16_ 취재 현장에서 기자가 직접 카메라 앞에 서서 내용을 전달하는 모습

17_ 시간의 흐름을 압축하여 표현하는 영상기법

DSLR 카메라를 슬라이더에 장착해 촬영하는 영상기자

DSLR 카메라에 슬라이더를 장착해 촬영한 검찰 외경.
안내판을 기준으로 좌우로 움직이며 촬영됐다.

물론 긴박한 상황의 취재현장에서의 DSLR 카메라의 한계도 분명히 존재한다. 렌즈를 늘 교체하며 촬영해야 하기 때문에 순간을 포착해내는 데는 어려움이 따른다. 그 영역은 ENG 카메라가 여전히 대체해야 할 것이다. 하지만 분명한 것은 취재 여건에 따라 영상기자가 원하는 영상을 얼마든지 얻어낼 수 있고, 그것이 보도영상의 질을 높일 수 있다는 것이다.

DSLR 카메라를 짐벌에 연결해 촬영 중인 영상기자

짐벌을 장착해 촬영한 결과물에 CG를 넣어 역동감이 넘치는 결과물을 만들어 냈다.

"뉴스 편집기자로서 현장감 있는 영상을 많이 활용하는 편이에요. 그중 현장감 있는 트랙킹샷이나 1인칭 시점의 달리샷을 주로 사용하는데 이런 영상들은 흔들림이 많아 편집 시 프로그램을 통한 보정이 필요할 때도 있었어요. 하지만 영상취재부에서 DSLR과 짐벌을 활용한 촬영의 빈도가 높아지면서 보정이 필요 없는 고품질의 안정적인 영상이 확보되어 편집 시에 더 적극적으로 활용할 수 있게 됐습니다.

또 상용 자료라고 불릴 정도로 자주 사용하는 검찰, 국회 등의 외경 스케치도 계절감만 바뀔 뿐 영상의 다양한 변화를 주기 어려운 부분이 있었는데 DSLR과 전동 슬라이더를 활용한 외경 촬영 영상은 뉴스 내용에 따라 더 다양한 느낌을 줄 수 있었어요. 그러한 영상들로 인해 리포트의 퀄리티를 높이는 데 많은 기여를 했다고 생각합니다."

– 채문기 TV조선 영상편집부 기자

TV조선 뉴스 9 가수, 배우에서 화가로 … 리포트(2022. 1. 14.)

2. 없는 것보단 낫다

✎ 심예지

ENG 카메라가 보도 취재를 위해 가장 적합한 장비임은 많은 영상기자들이 공감할 것이다. 좀 더 다양한 그림을 만들기 위해 앞서 말한 액션캠이나 핸디캠 등을 서브 장비로도 많이 사용한다. 하지만 그 못지않게 일당백의 역할을 하는 무기가 바로 '스마트폰'이다. 스마트폰의 성능이 점점 발달하면서 장착된 렌즈의 수도 많아지고 있다. 최근 출시된 스마트폰에는 3개 이상의 다양한 렌즈가 장착된 기기들을 어렵지 않게 볼 수 있다.

과거 휴대폰으로 촬영한 영상들은 화질이 많이 떨어지고 흔들림이 심해 방송에서 사용하기 힘들었다. 하지만 이후 스마트폰 출시되고 카메라 성능이 향상되면서 이와 같은 점들이 많이 보완됐다. 그 때문에 취재 현장에서 가장 빨리 영상을 촬영하고 그 화면을 속보로 내보내는 역할을 스마트폰이 해내고 있다. 중요한 사건사고가 발생하고 영상기자가 현장에 도착하기까지는 이동시간이 소요된다. 여의도에서 중

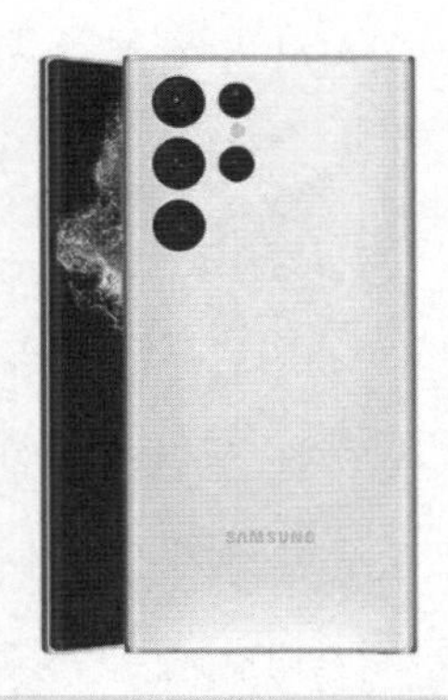

8K 동영상 촬영이 가능한 최신형 스마트폰
출처: 삼성전자 홈페이지

요사건이 발생했다고 가정해보자. TV조선 사옥이 있는 광화문에서 취재지시를 받은 즉시 장비를 챙기는데 수분, 차량으로 여의도까지 20~30분의 이동시간이 소요된다. 도착 후 10분 촬영, 10분 송출만 잡아도 벌써 한 시간이라는 시간이 흘러버린다. 이 사이 뉴스 영상의 공백을 막아 줄 대안이 스마트폰 카메라 영상이다. 어떻게 보면 가장 빠른 속보를 스마트폰 카메라가 촬영하고 있는 셈이다. 방송사 간 치열한 속보싸움에서 절대적인 역할을 해내는 스마트폰 카메라의 활약상을 정리해봤다.

1) 스마트폰 속 영상, 대한민국을 흔들다

심예지

ENG나 6mm 카메라는 확실히 눈에 띈다. 사실 핸디캠만 해도 주위에 사람들이 '뭘 찍고 있나?' 할 정도로 의식할 수 있는 크기이다. 하지만 스마트폰을 들고 있다면? 그냥 사진을 찍는 건가 하거나 아예 관심 없이 지나칠 것이다. 그만큼 스마트폰은 대부분의 사람들이 어느 때나 꺼내서 쉽게 사용하는 '익숙한' 물건인 것이다. 이 장점을 살리면 스마트폰은 때에 따라 가장 훌륭한 취재장비가 될 수 있다. 고발성 리포트를 취재할 때는 대부분 허가되지 않은 상황에서 영상을 찍어야 하는 경우가 많기 때문에 스마트폰으로 영상을 찍는 경우가 다수 발생한다. 예전에는 딱 하나의 샷 사이즈로만 촬영했다면 카메라 성능이 발달함에 따라 화질이 많이 개선돼 다양한 샷 사이즈로도 취재가 가능해졌다. 위에도 언급했다시피 스마트폰은 누구나 가지고 다니는 익숙한 물건이기 때문에 취재진을 피하려고 하는 인물을 담기에도 적합하다. 비공개로 진행되는 소환조사나 압수수색같이 정보가 차단된 상태에서 그 인물이나 상황을 찰나에 포착하기 위해 스마트폰 영상은 아주 유용한 수단으로 활용된다. 멀리서 ENG 카메라처럼 큰 장비를 보고 미리 취재진들을 피할 수 있지만, 스마트폰은 언제 꺼낼지 모르기 때문에 좀 더 쉽게 대상에 접근을 가능하게 하는 것이다. 이럴 때는 영상의 질이 얼마나 좋은가가 중요한 게 아니라 그 대상이 영상에 '찍혔는가'가 중요하다. 스마트폰을 통한 단독 영상이 점차 많아지는 현상이 이와 같은 스마트폰 취재의 장점을 잘 보여준다.

2022년 7월 TV조선 시사프로그램 「이것이 정치다」에서 탈북어민 2명이 강제 북송되는 장면이 찍힌 사진을 단독으로 입수해 보도했다. 포승줄에 묶여서 판문점 대기실에 있는 모습에서 군사분계선을 넘어가려

통일부에서 제공한
스마트폰 촬영 영상

하자 처절하게 몸부림치는 장면까지 담긴 사진이었다. 이 사진들이 보도되자 시청자들에게 충격을 주며 다른 언론사에서도 바로 인용 보도하기 시작했다.

이후 통일부는 당시 현장을 촬영한 사진뿐만 아니라 동영상까지 있다고 밝혔다. 그러면서 이 스마트폰 속 영상은 당시 현장에 있던 통일부 공무원이 개인적으로 보관하기 위해 촬영한 영상이라고 덧붙였다. 해당 사진과 영상이 공개되자 정치권 공방이 이어졌고, 한동안 대한민국 톱뉴스를 장식할 정도로 흔들어댔다. 2019년에 촬영된 영상이 거의 3년이 다 돼서야 공개돼 큰 파장을 불러일으킨 것이다. 통일부 공무원이 어떤 의도로 영상을 촬영했는지는 알 수 없다. 어쨌든 공식적으로 촬영된 것은 당연히 아니고 방송을 목적으로 촬영된 것은 더더욱 아니다. 세로화면으로 촬영됐고 흔들림도 매우 크지만, 정치적인 공방은 제쳐 두고라도 이 영상이 공개됨으로써 최소한 많은 국민들이 강제북송 당시 현장의 모습을 보며 진실에 다가갈 수 있도록 도왔다는 점은 부인할 수 없는 사실이다. 이것이 스마트폰 카메라가 가진 힘이다. 언제 어디서든 어떤 상황에서도 촬영할 수 있다는 것, 스마트폰을 가진 모든 사람은 영상 특종을 할 수 있는 최소한의 무기를 가지고 있는 셈이다.

TV조선 뉴스9 文 청와대, 북송 3시간 남기고서야 법리검토 요청 (2022. 7. 20.)

2) 이 대신 잇몸으로

심예지

스마트폰은 제2의 카메라로 사용하기도 한다. 바로 촬영 애플리케이션을 활용해서다. 스마트폰에 내장된 촬영 애플리캐이션(Application)은 다양한 촬영기능을 제공하고 있는데 대표적인 것이 타임랩스 기능과 슬로우모션 기능이다. 지난 2015년 새총으로 아파트 창문을 부순

40대가 검거되는 사건이 있었다. 장난감 정도로 생각하던 새총의 위력이 얼마나 센지를 보여주기 위해 경찰에서는 언론사들을 대상으로 한 새총 위력 시연을 했다. 당시 모든 언론사가 해당 시연을 촬영하기 위해 왔는데 한 언론사가 초고속 촬영 기능이 있는 카메라와 함께 조명 등 많은 장비를 준비해 왔다. 당시 취재를 간 영상기자는 그들의 영상 결과물에 뒤처지고 싶은 마음이 없었다. 그래서 주머니 속 휴대전화를 꺼내 들었다. 그리고 시연하는 유리 앞에 스마트폰을 잘 거치 시켜놓고 슬로우모션 기능을 켰다.

결과는 대성공이었다. 새총의 위력에 산산조각 난 유리 파편의 모습을 더 생동감 있게 촬영해낸 것이다. 모두가 스마트폰을 가지고 있었지만 아무도 꺼내지 않았다. 생각의 전환, 기지를 발휘해낸 영상기자만이 훌륭한 영상을 쟁취할 수 있었던 것이다.

스마트폰의 슬로우모션 촬영 기능을 활용해 새총의 위력을 촬영한 영상

"당시 지상파 방송사 한 곳에서 초고속 카메라 장비를 준비해 왔어요. 이 모습에 다른 방송사들 모두 기세에 눌려 주춤거리고 있었죠. 근데 순간적으로 제 휴대폰에 고속촬영모드가 생각이 났어요. 평소 휴대폰으로 영상 촬영하는 걸 좋아해서 자주 사용하곤 했거든요. 이거다 싶었죠.

주변에 의자, 지갑, 책상 등등 물건들로 휴대폰을 거치해서 촬영했어요. 반신반의했는데 의외로 결과물이 기대 이상이었습니다. 지상파 방송국의 초고속 카메라 결과물과 큰 차이가 없었어요. 만약 그때 주눅이 들어 아무것도 하지 않았다면 그날 뉴스 영상은 생동감과 전달력이 많이 부족했을 겁니다. 요샌 휴대폰 카메라가 워낙 발달해서 고속촬영뿐만 아니라 타임랩스, 초광각 등 기능이 많잖아요. 고가의 장비도 중요하지만 주변 환경을 어떻게 잘 이용할 것인지 고민하는 영상기자의 자세가 더욱 중요하단 걸 깨달았습니다."

– 류재현 전 TV조선 영상기자

(현 KBS 보도영상국 영상기자)

스마트폰은 때론 MNG의 역할을 대신하기도 한다. MNG가 통신망을 활용해 영상을 송출하는 것처럼 스마트폰도 같은 원리로 영상 송출이 가능하다. 사건 사고가 발생한 뒤 현장에 도착하면 큰 사고가 아닌 이상 어느 정도는 이미 상황이 수습된 뒤다. 이때 영상기자가 할 수 있는 촬영은 고작 수습된 이후 현장 분위기와 인터뷰 정도다. 때문에 현장취재 못지않게 중요한 것이 주변 CCTV나 블랙박스 등을 확보하는

스마트폰으로 촬영한 블랙박스 화면 영상

것이다. 문제는 이것을 확보했다고 하더라도 보낼 방법이 없다면 무용지물이다. 더 빨리 보내야 확보한 자료의 가치가 높아진다. 이럴 때 스마트폰을 사용하면 간단하게 해결할 수 있다.

지난 2017년 11월 경남 창원터널 앞에서 트럭이 폭발하는 큰 사고가 있었다. 당시 TV조선 부산지국 소속 기자들은 창원에서 다른 취재를 마친 뒤 복귀하던 길이었다. 한창 고속도로를 달리던 부산팀의 눈에 하늘을 뒤덮은 시커먼 연기가 눈에 들어왔다. 엔진오일을 싣고 달리던 5톤 탱크로리 트럭이 폭발하면서 화재가 난 것이다. 주변에 있던 10여 대의 차량이 불타고 3명의 인명피해가 난 큰 사건이었다. 부산팀은 차량을 멈추고 곧장 취재에 들어갔다. 현장 취재와 더불어 블랙박스 영상 확보에 나섰다. 워낙 큰 사고였기 때문에 그 여파로 뒤따르던 차량은 모두 멈춰서 있었다. 이 차량들의 블랙박스 영상을 하나씩 살펴보기 시작했다. 그러다 트럭 바로 뒤에서 운행 중이던 차량 블랙박스에서 사고 당시 모습이 고스란히 담긴 영상을 찾아냈다. 여기에는 트럭이 중앙 분리대를 들이받고 폭발해 순식간에 화염에 휩싸이는 모습이 담겨있었다.

사고원인은 불분명하지만, 고속도로에서의 안전운전의 중요성을 각인시키기에 충분한 영상이었다. 블랙박스의 메모리카드를 받아서 송출하려면 여러 가지의 과정을 거쳐야 했기 때문에 시간이 소요된다. 그래서 생각해낸 것이 사고 영상을 재생해 놓고 블랙박스 LCD 화면을 스마트폰으로 촬영하는 것이었다. 화질문제나, 빛 번짐 현장이 다소 발생할 수 있었지만, 이 방법만큼 빨리 송출할 대안이 없었다. 만약 노트북을 사용한다면. 카드를 받아 노트북에 연결하고 해당 영상을 찾고, '웹하드'나 '메신저' 등을 통해 보내야 하는 번거로움이 있었다. 하지만 스마트폰을 사용하면 1분 촬영, '메신저 애플리케이션(Application)'을 통해 보내는데 1분이면 충분했다. 이 영상은 속보와 함께 바로 뉴스에 사용할 수 있었다. 사건 현장은 우연히 지나가다 발견한 것이지만 빠른 시간 안에 속보 영상을 제공할 수 있었던 것은 우연이 아니었다. 이가 없어도 잇몸이 있다!

TV조선 사건파일24 / 경남 창원 트럭 폭발사고... 차량 10대 전소
(2017. 11. 2)

3) 제보 영상이 만든 뉴스

심예지

"와, 집에 갈 수 있을까?" 지난 8월 8일 회사 정문을 빠져나오던 김병찬 씨가 바깥 상황을 보고 속으로 떠올린 말이다. 항상 다니던 퇴근길을 걱정해야 할 만큼 서울 일대에는 장대비가 쏟아지고 있었다. 비가 좀 잦아들면 이동하려는 요량으로 잠시 PC방을 갔다 나온 사이 김병찬 씨는 두 눈을 의심할 수밖에 없었다. 서울에서 그것도 강남 한복판이 물바다로 변해 있던 것이다. 맨홀 뚜껑 구멍이란 구멍에선 쉴 새 없이 물을 뿜어대고 있었고, 수많은 차량들은 바퀴의 절반 이상이 물에 잠긴 채 이 일대를 빠져나가려 안간힘을 쓰고 있었다. 강남에 직장을 둔 수많은 직장인은 바지를 무릎까지 걷어 올리고 옷이 젖는지도 모른 채 역사 안으로 천천히 이동하고 있었다. 처음 보는 물난리 상황에 스마트폰을 꺼내 들었다. 혹시나 강남으로 오려는 지인들이 볼까 싶어 촬영한 사진 몇 장을 자신의 SNS에 설명과 함께 올렸다. 얼마 뒤 TV조선에 재직 중인 친구에게서 연락이 왔다. "병찬아, SNS에 올린 사진을 봤는데 혹시 여력이 된다면 동영상 촬영해서 제보해 줄 수 있을까? 현재 상황을 뉴스에 내보내려고 해." 다급한 친구의 목소리에 다시 스마트폰을 꺼내 동영상 촬영을 이어갔다.

제보자 김병찬 씨가 보내준 이 영상은 수도권에 기록적인 폭우가 내린 8월 8일 'TV조선 뉴스9' 서울 폭우 상황 중계리포트에 사용됐다. 그야말로 물바다가 된 강남 일대의 처참한 모습과 발목 넘어까지 물이 차오른 도로를 아찔하게 건너가는 시민들의 모습, 바퀴의 절반 이상이

제보자 김병찬 씨가 제공한 영상이 뉴스9에 사용되었다.

물에 잠긴 채 서서히 움직이는 아슬아슬한 차량의 모습까지 현장이 생생하게 담긴 영상이었다.

당시 저녁 7시 기준으로 서울에 내린 비는 90.4mm. 삽시간에 퍼부은 폭우로 영상기자들은 도로 위에 발이 묶일 수밖에 없었다. 강남으로 이동하는 주요 도로 곳곳이 통제됐기 때문이다. 그래서 제보 영상을 확보하려 안간힘을 썼다. 방송사로 직접 들어오는 제보 영상도 물론 있지만 기다릴 수가 없었다. 영상기자 개개인이 꼭 직접 촬영하지 않더라고 일대에 있는 지인들에게 일일이 연락해 영상을 확보한 것이다. 이렇게 확보한 영상은 이날 메인뉴스 2개의 리포트에 사용됐다.

제보 영상의 힘은 비 피해가 절정에 다다랐던 다음날까지 이어졌다. 하루가 지난 8월 9일. TV조선 9 메인뉴스의 큐시트의 절반 이상이 폭우 관련 리포트로 채워졌다. 하루 동안 쏟아진 비의 양은 기상관측이 시작된 이래 115년 만의 최대치를 기록했다. 서울을 비롯한 중부지방에 곳곳에 침수로 인한 인명피해는 물론, 산사태, 도로 유실 등의 피해가 속출하고 있었다. 당연히 뉴스에서도 이런 피해 소식을 집중적으로 다룰 수밖에 없었다.

00:00	01:19:07	CG4	--여 서서 우 UHD (CAM1)-----		
01:42	01:20:49	중계/01	[뉴스9/중계]'잠기고 막히고' 오늘도 '퇴근길 대란'…이 시각 잠수교 상황	김창섭	사회부
01:43	01:22:32	중계/01	[뉴스9/중계]군남댐 하류 범람 우려 여전…北 폭우 상황이 변수	노도일	전국부
00:00	01:22:32				
01:52	01:24:24	리포트	[뉴스9/리포트]불어난 하천에 도로 끊기고, 간이화장실 '둥둥'…강원 폭우 피해 속출	이승훈	전국부
01:34	01:25:58	리포트	[뉴스9/리포트]진흙탕 속 가게 문 연 상인들…'또 물바다 될라' 전전긍긍	구자형	전국부
02:08	01:28:06	리포트	[뉴스9/리포트]'물폭탄'에 침수차 5000대 육박, 보험처리는?…"선루프나 문 열어두면 보상 불가"	김지아	경제부
00:00	01:28:06				
00:00	01:28:06		--여 앉아서 좌 미디어월 (7~8번)---------		
01:46	01:29:52	리포트	[뉴스9/리포트]'좁고 긴' 비구름 탓에 서울 남부, 북부보다 2배 더 내렸다…모레까지 350mm 더 온다	신경희	사회정책부
01:56	01:31:48	리포트	[뉴스9/리포트]잡초 무성한 댐 바닥…남부 폭염에 11개 댐 물부족 '신음'	박건우	전국부
02:16	01:34:04	리포트	[뉴스9/리포트]尹, 일정 바꿔 '발달장애 가족 참변' 현장 찾아…'새벽 자택 지휘' 놓고 野와 공방	이채현	정치부
00:00	01:34:04				
00:00	01:34:04		--남 앉아서 우 미디어월 (7~8번)---------		
01:58	01:36:02	리포트	[뉴스9/리포트]與 비대위 출범으로 이준석 대표직 해임…주호영 "정기국회에 전당대회하면 비판 소지"	한송원	정치부
02:05	01:38:07	리포트	[뉴스9/리포트]'이재명 방탄용' 비난에도 明 "야당 탄압 통로 될 수 있어"…'초강성 지도부' 예고	정민진	정치부
01:41	01:39:48	리포트	[뉴스9/리포트]美 "中 배터리 들어간 전기차 혜택 없다"…韓 완성차 업계 '비상'	최원희	국제부
00:00	01:39:48				
00:00	01:39:48	CG4	--여 서서 우 UHD (CAM1)-----		
02:02	01:41:50	리포트	[뉴스9/리포트]신규확진 15만 명, 넉 달 만에 최고치…정부의 '20만 명' 정점 예측 빗나가나	박재훈	사회정책부
00:00	01:41:50				
00:00	01:41:50		--여 서서 좌 미디어월 (6~8번/CAM2)--------		
01:43	01:43:33	리포트	[뉴스9/리포트]7080 '로망' 올리비아 뉴턴존, 암투병 끝 별세	황정민	국제부
01:51	01:45:24	리포트	[뉴스9/리포트]홍란 뜨고 호날두 지나?…화끈해진 EPL 골잡이 싸움	석민혁	문화스포츠
00:00	01:45:24				
00:05	01:45:29	브릿지	### [브릿지] 60초 중CM용 앵커의시선 ###		뉴스센터
01:00	01:46:29	중CM	[광고]0809 화 21:00 TV CHOSUN 뉴스9 중cm 1분		광고기획팀
00:00	01:46:29		(↳ CG1 '앵커의시선' CM 우상단)		
00:00	01:46:29				
02:57	01:49:26	사전녹화	[뉴스9] 0809 앵커의 시선 - 바다가 쏟아졌다		뉴스센터
00:00	01:49:26				
01:09	01:50:35	크로마	0809 뉴스9 날씨	홍지화	뉴스센터
00:00	01:50:35				
00:10	01:50:45	라이브	===========[클로징]===========		뉴스센터
00:24	00:55:24	전타이틀	#### [전타이틀] 특집 뉴스9 (세로 전광판) ####		뉴스센터
03:00	00:58:24	전CM	[광고]0809 화 21:00 TV CHOSUN 뉴스9 전cm 3분		광고기획팀
01:26	00:59:50	완작	[뉴스9/헤드라인] 20220809		뉴스센터
00:00	00:59:50				
00:10	01:00:00	시보	주조 탄력 시보 (10초)		
00:00	01:00:00	CG3	[뉴스9]0809 오프닝 무빙		뉴스센터
00:00	01:00:00				
00:00	01:00:00	CG4	--남 서서 좌 UHD (CAM2)-----		
02:14	01:02:14	리포트	[뉴스9/리포트]'115년 만의 물폭탄' 서울이 잠겼다…7월 '한달치 비'가 하루 만에	송민선	사회부
00:00	01:02:14				
00:00	01:02:14		--남 서서 좌 동영상 (5~8번)----------		
00:00	01:02:14	BACK	[동영상] 신림동 반지하 일가족 사망		뉴스센터
01:27	01:03:41	리포트	[뉴스9/리포트]반지하 거주 발달장애 일가족 3명 폭우에 '참변'…집안으로 물 쏟아져	서영일	사회부
00:00	01:03:41	BACK	[동영상] 폭우 인명 사고		뉴스센터
01:46	01:05:27	리포트	[뉴스9/리포트]남매가 하수구 빠지고 가로수 정비 중 감전사도…서울·경기 9명 사망, 6명 실종	차순우	사회부
00:00	01:05:27	BACK	[동영상] 산사태		뉴스센터
01:45	01:07:12	리포트	[뉴스9/리포트]약해진 지반에 흙더미 '와르르'…고립되고 실종되고	김승돈	전국부
00:00	01:07:12				
00:00	01:07:12	CG4	--남 앉아서 좌 미디어월와이드 (3~8번/CAM3)--------		
01:45	01:08:57	리포트	[뉴스9/리포트]지하철역에 '물 콸콸' 운행 중단…최첨단 건물도 '속수무책'	박한솔	사회부
01:47	01:10:44	리포트	[뉴스9/리포트]승용차는 지붕까지 잠기고 학생들 학원서 발동동…긴박했던 순간들	김예나	사회부
01:39	01:12:23	리포트	[뉴스9/리포트]강남 도로 곳곳 버려진 차량 수백 대…"빼고 싶은데 뺄 수가 없어"	임서인	사회부
00:00	01:12:23				
00:00	01:12:23		--남 서서 와이드 CG + 동영상 (3~8번/CAM1)--------		
00:00	01:12:23	BACK	[동영상] SNS 제보		뉴스센터
01:27	01:13:50	리포트	[뉴스9/리포트]"지금 여기 난리예요"… 시민들, SNS 침수 사진·영상 공유하며 '대비 태세'	정은아	사회부
00:00	01:13:50				
00:00	01:13:50	CG4	--남 서서 와이드 (3~8번/CAM1)--------		
01:34	01:15:24	리포트	[뉴스9/리포트]대피소에서 밤잠 못 이룬 시민들…서울에만 이재민 840명	장동욱	사회부
00:00	01:15:24				
00:00	01:15:24	사전녹화	-----------------출연+남 앵커-----------------		
03:43	01:19:07	[출연]	[뉴스9/따져보니]반복되는 강남 물난리…'속수무책' 이유는?	홍혜영	뉴스센터
00:00	01:19:07		(↳ 브릿지 포함)		

2022년 08월 09일 TV조선 뉴스9 큐시트

그날 저녁 메인뉴스 총 23개의 리포트 중 폭우 관련 리포트는 절반이 넘는 15개였다. 가장 중요한 첫 번째 뉴스 "하루 만에 한 달 치 비가 … '115년 만의 물폭탄' 서울이 잠겼다."는 경기 고양시의 불어난 강물에 주저앉은 콘크리트 다리와 차량이 잠긴 강남 일대 도로의 모습의 스마트폰 제보 영상으로 시작됐다. 주택가 뒷산이 무너진 동작구 일대의 모습과 주민의 인터뷰 영상을 제외하면 모두 스마트폰으로 촬영한 제보 영상만으로 만들어졌다. 가장 중요한 톱뉴스 영상의 90퍼센트를 영상기자가 ENG 카메라로 촬영한 영상이 아닌 스마트폰 제보 영상으로 채운 것이다.

SNS와 유튜브를 타고 '실시간 강남역', '실시간 이수역 침수' 등 다양한 영상과 사진들이 봇물 터지듯 쏟아져 나왔다. 버스와 차량이 불어난 물에 절반 이상 잠겨있는 한 사거리의 모습부터 지하철 역사에 폭포

스마트폰으로 촬영한 폭우 현장 상황 제보 영상

폭우에 멈춰선 버스 모습 시청자 제공 영상

수처럼 쏟아져 내리는 흙탕물까지 당시의 현장이 얼마나 심각했는지를 보여주는 영상들이 모두 스마트폰에서 나온 것이다. 당시 4호선 이수역은 침수로 인해 무정차 통과하는 일까지 벌어졌다. 전철 안에 타고 있는 시민이 찍은 스마트폰 영상에는 이미 역사 안에 물이 가득 찬 채 출렁거리는 충격적인 장면이 담겨있었다.

몇십 년 만의 기록적인 폭우에 모든 언론사가 피해 상황을 계속해서 전달했다. 이런 재난 재해현장의 취재는 이동과 인력에서의 제한이 많기에 영상기자들의 한계가 분명히 존재한다. 하지만 이런 현장의 기록들이 없어져서는 안 된다. 인적 물적으로 많은 피해가 생겼기 때문에 정확한 기록이 있어야 앞으로의 대비가 가능하기 때문이다. 속절없이 잠겨버린 지하철역도 이를 통해 침수피해에 더 철저히 대비하기 위해 더 큰 노력을 기울일 것이다. 만약 제보 영상이 없었다면, 영상기자가 촬영한 소스만으로 뉴스를 제작했다면 피해 현장의 참담함과 재난 재해의 무서움을 제대로 알리지 못했을 것이다. 물에 잠긴 지하철역에서 어렵사리 빠져나온 시민의 손에 들려있던 스마트폰도, 퇴근길에 맨홀뚜껑에서 거침없이 역류하는 물을 찍은 시민의 스마트폰도 그 순간엔 모두 훌륭한 영상기자였다.

TV조선 뉴스9 / 시민들, SNS로 피해 공유하며 '대비 태세'
(2022. 8. 9.)

4) SNS 영상창고

심예지

페이스북과 인스타그램 등 SNS 이용자들은 특히 재난 재해 현장에서 빠르게 촬영하고 업로드함으로써 상황을 공유한다. 지인 또는 많은 사람들에게 위험성과 심각성을 알리기 위해서다. 영상기자 역시 SNS에 올라온 영상과 사진을 통해 현장 상황을 미리 파악하는 데 큰 도움을 받기도 한다. 폭우와 같은 재난 상황 또는 사건 사고 같은 경우는 취재진이 현장에 도착했을 때 당시 상황이 이미 지나버린 경우가 많기 때문에 SNS 사용자들이 업로드한 영상이나 사진을 시청자 제보화면으로 뉴스에 활용하는 사례가 잦아지고 있다. 실제로 어떤 SNS 영상을 확보했느냐에 따라 기사의 내용이 달라지기도 하고 새로운 기사가 생성되기도 한다.

특정 취재에서는 영상기자가 촬영한 영상보다 SNS라는 영상 창고에서 어떤 영상들을 찾아내는지가 더 중요하게 인식되고 있는 것이다. 그 때문에 많은 방송사들은 SNS나 메신저 서비스 등 다양한 경로를 통해 제보 영상 확보에 노력을 기울이고 있다.

TV조선 제보 애플리캐이션(Application)
출처: 카카오톡

연합뉴스TV 홈페이지 화면 캡쳐
출처: 연합뉴스TV 홈페이지

지난 2022년 3월 울진에 대형 산불이 발생했다. 서울 전체 면적의 1/3이 넘는 규모의 역대급 산림 피해가 있었다. 울진군 북면 두천리에서 처음 발생한 이 산불은 강한 바람을 타고 확산해 213시간 넘게 지속되는 역대 최장기 산불로 기록됐다. TV조선도 그날 저녁 메인뉴스에 울진 산불을 보도했다. 그중 2번째로 나간 리포트는 온전히 시민들의 제보화면으로 이뤄진 리포트였다.

이렇게 스마트폰 영상 제보로 만들어진 뉴스는 기존 전통 미디어들의 정형화된 뉴스 화면보다 더 생생한 모습을 보여줌으로써 보는 시청자들로 하여금 현장에 있는 듯한 느낌을 받을 수 있게 해준다. 실제 뉴스에 제보영상을 촬영하는 시민들의 목소리를 생생하게 들려줌으로써 현장감을 더 살리기도 한다.

시청자들의 제보 영상으로 만들어진 울진 산불 뉴스 리포트

제보 영상은 제보자의 이름이나 SNS ID가 표기된다.

제보자의 현장 목소리를 리포트에서 살린 모습

제보 영상은 현장감뿐 아니라 '신속성'에도 큰 힘을 실어준다. 어떤 사건이 발생한 현장에 기자들이 도착하고 그 장면이 방송으로 송출되는 데까지 걸리는 시간보다 훨씬 빠르게 보도할 수 있기 때문이다. 그래서 많은 방송사가 흔들리고 화질이 좋지 않아도 제보영상 확보에 많은 노력을 기울이고 있는 것이다. 하지만 이런 신속함이 가져오는 부정적인 부분도 없지 않다. 속보 경쟁 때문에 영상의 진위가 잘못된 부분이나 방송에 부적절한 장면들이 방송되는 경우가 발생하기 때문이다. 시청자에게 현장을 빠르게 전달해주는 것도 분명 중요하지만 영상의 출처나 보도윤리에 어긋나는 부분이 있는지 확실하게 검토하여 사용하는 자세가 필요하다.

SNS라는 영상 창고 안에서 우리가 사용할 수 있는 것과 없는 것. 썩은 것과 그렇지 않은 것. 그것을 잘 가려내야 한다.

TV조선 뉴스9 / 제보 영상으로 본 울진 산불(2022. 3. 4.)

5) 영상기자의 고민

한용식

영상기자의 역할에 대한 새로운 고민이 시작됐다. 과거 ENG 카메라 한 대로만 고집하며 취재하던 시절이 지났기 때문이다. 영상구현기술과 통신의 발달은 영상기자에게 더 크고 중요한 역할을 기대하게 했다. 그리고 갈수록 격해지는 방송사 간 속보 경쟁은 그것을 더욱 가속화했다.

"방송사는 더 이상 영상기자가 촬영한 영상을 기다리지 않는다."

더 빨리 확보한 영상이 가장 먼저 뉴스에 방송된다. 또 방송사는 어떤 카메라로 촬영했는지도 더는 중요하게 여기지 않는다. 화질과는 거리가 먼 CCTV와 블랙박스, 소형 핸디캠 속 영상이 대특종으로 이어지기 때문이다. 그래서 취재 현장에서 영상기자는 더 많은 고민을 할 수밖에 없다. 어떻게 더 빠르게 송출할 것인지에 대해, MNG를 사용할 것인가. 노트북으로 송출할 것인가? 아예 실시간 생중계 인제스트[18]를 할 것인가? 여러 경우의 수를 놓고 고민한다. 그뿐만 아니라 사용하는 촬영 장비의 선택도 고민 대상이다. 기동성이 빠른 소형 카메라를 사용할 것인가? 화면의 질을 높이는 DSLR 카메라와 보조 장비들을 사용할 것인가. 전통방식의 ENG 카메라를 사용할 것인가? 심지어 아예 촬영을 하지 말고 현장 상황이 담긴 CCTV 화면이나 블랙박스 영상이 구하러 다닐 것인가?

이렇듯 영상기자가 고민하고 판단해야 하는 것들이 수없이 늘어났다. 여기에 더해 가장 강력한 경쟁자들도 늘어나기 시작했다. 바로 취재현장에 등장한 수많은 유튜버들이다.

"혹시 어제 그 영상 촬영됐을까요?"

"오늘 현장에 카메라 배치됐나요?"

시사보도 PD라면 하루에도 수십 번씩 던지게 되는 질문이다.

방송보도의 꽃은 '영상'. 영상이 없다면 '뉴스'는 생명력을 잃는다. 그러니 시사보도 PD들에게 영상취재부의 활약은 최고의 관심사일 수밖에 없다.

하지만 영상취재에도 한계는 있다. 물리적 시간적으로 모든 뉴스 현장을 커버할 수 없고, 시위 현장 등에선 뜻하지 않게 방해를 받기도 한다. 타사 촬영물까지 살뜰히 챙겨주긴 하지만 그래도 부족한 영상이 생기게 마련이다.

이럴 때 PD들은 유튜브로 눈길을 돌릴 수밖에 없다. 시위 현장을

18_ 방송자료들을 디지털화하여 스토리지 (Storage)에 보관하는 일련의 과정

주최 측이 촬영해 올리거나, 갑작스러운 돌발상황을 찍어 올려주는 시민들이 있기 때문이다.

물론 유튜브 영상은 정식 영상취재가 아니니 정교하긴 어렵다. 앵글이 흔들리고 오디오가 뚝뚝 끊기기도 한다. 그래도 뉴스를 뒷받침할 '영상'이 존재한다는 것, 그리고 시청자도 그 엉성함을 '날 것의 묘미'로 받아들여 준다는 데 PD들은 위안을 얻는다.

하지만 유튜브 영상을 사용하는 덴 제약이 있다. 저작권 문제를 제기할 때가 왕왕 있기 때문이다. 그래서 사용허가를 요청하거나, 연락이 닿지 않을 경우 채널명을 잘 살펴서 '문제 삼을 만한 곳은 아닌지' 독심술을 발휘해야 한다. 아무리 그림 욕심이 나더라도 탈이 날 만한 영상은 쓰지 않는 게 상책이다. 이 때문에 아무리 유튜브 영상이 좋더라도, 이런저런 고민 없이 영상을 사용할 수 있게 해주는 영상취재부의 활약에 깊은 감사와 응원을 보내는 건 당연한 일이다.

– 이수연 시사제작국 PD

contents

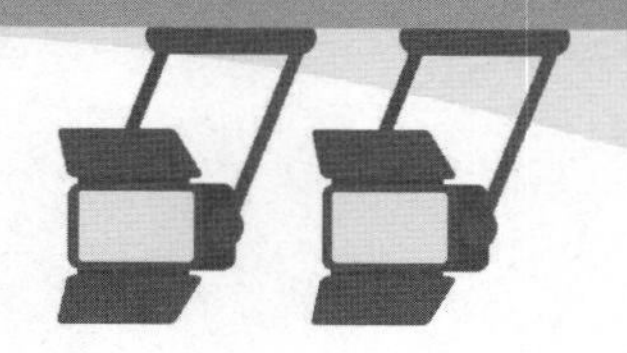

| Part 4 |

유튜버, 현장으로 나오다

유튜버, 현장으로 나오다

민봉기

종편 개국 10년이 지난 현재. 초창기와 비교해 가장 많이 달라진 점 중 하나는 바로 뉴스 플랫폼의 다양화다. 통신 기술의 발달 덕분에 이제는 손에서 떼려야 뗄 수 없는 모바일 미디어가 그 시작이다. 대중들은 더 이상 종이 신문과 TV로 뉴스를 소비하지 않는다. 출근길 지하철만 봐도 그렇다. 신문으로 아침뉴스를 보던 직장인들 손에 이제는 신문 대신 스마트폰이 들려있다. 저녁 방송사의 메인 뉴스를 보고 그날 무슨 일이 있었는지를 알기보다 궁금한 소식이 있으면 수시로 업데이트되는 최신 뉴스들을 찾아본다. '신문'과 'TV'라는 미디어를 통해야 했던 뉴스 소비가 '스마트폰' 시대가 도래함에 따라 시간과 장소에 구애받지 않고 자유로워진 것이다. 대중들은 원하는 뉴스를 더 빨리, 글보다는 사진, 사진보다는 영상으로 접하길 원했다. 여기에 안성맞춤이었던 미디어 플랫폼이 바로 '유튜브'다.

출처: 유튜브

유튜브는 세계 최대의 동영상 공유 플랫폼이다. 누구나 동영상을 쉽게 공유하고 볼 수 있다. 어느 정도의 구독자와 시청시간을 갖추고 있다면 영상 조회 수에 따라 광고 수익도 낼 수 있다. 심지어 생중계 방송도 가능하다. 유튜브의 역사를 다 소개하자면 너무 길고 중요한 건 수익을 창출할 수 있다는 점과 생중계 방송이 가능하다는 점이다. 이 두 가지 이유 때문에 유튜브 크리에이터[01]라고 불리는 유튜버[02]들과 영상기자가 취재 현장에서 맞닥뜨리게 됐다. 앞서 설명했듯이 대중들은 원하는 소식을 가장 빨리 영상으로 볼 수 있길 바란다. 촬영하고 편집하고 업로드하면 이미 늦는다. 유튜버는 현장에서 실시간 유튜브 생중계 방송을 진행하며 날것 그대로를 보여준다. 대중들은 방송보다 월등히 빠르게 소식을 영상으로 볼 수 있게 된다. 이에 해당 채널을 구독하고 다른 영상도 보고 조회 수를 늘려나가면 유튜버들에게 광고 수익이 돌아간다.

01_ 일반적인 '창작자'라는 표현보다는 온라인 플랫폼에 올리는 콘텐츠를 제작하는 '크리에이터'라는 표현이 더 많이 사용되고 있는데, 특히 유튜브(YouTube)에서 동영상을 생산하고 업로드하는 이를 지칭하는 말로 불린다.

02_ 유튜버 크리에이터를 지칭하는 말.

이러한 이유로 취재현장에서 유튜버들과 영상기자들 간에 치열한 자리싸움이 펼쳐진다. 우리나 그들에게나 좋은 자리에서 안정적 카메라 앵글로 영상을 보여줘야 하는 것은 마찬가지이기 때문이다. 그들과의 싸움이 가장 치열했던 2022년 제20대 대통령 선거와 제8회 전국동시 지방선거의 유세 현장 이야기다.

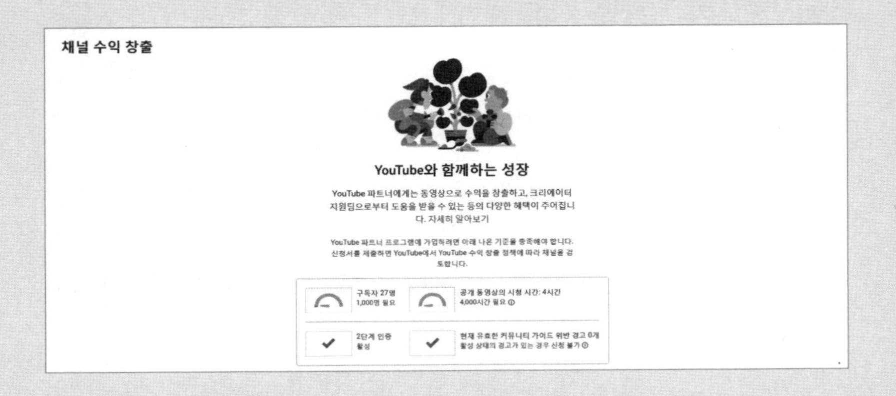

유튜브 채널 수익 창출 안내 페이지
출처: 유튜브 홈페이지

2022년 8월 28일 더불어민주당 전당대회를 촬영 중인 유튜버들

1. 대통령 선거만큼 치열했던 유튜버와의 경쟁

민봉기

20대 대통령 공식 선거운동 첫날. 치열한 대선이었던 만큼 더불어민주당 이재명 후보의 부천역 유세 현장엔 이를 지켜보려는 지지자들로 인산인해를 이뤘다. 필자는 국회 종편 POOL팀[03] 소속으로 현장을 찾았다. 선거 운동 첫날이라 이재명 후보의 모든 것이 이슈가 될 수 있었던 상황. 혹시 모를 상황에 대비하기 위해 후보 도착 한 시간 전에 현장에 도착했다. 분 단위로 시간을 쪼개 일정을 소화하는 후보의 선거운동 동선을 다 챙기려면 시간이 항상 빠듯할 수밖에 없다. 그럼에도 불구하고 한 시간이나 앞서 현장에 도착한 것이다. 그런데 현장에서 눈 앞에 펼쳐진 광경은 이전 선거 유세 현장과는 전혀 다른 것이었다. 조금 더 구체적으로 설명하자면 선거 유세 취재환경이 이전과는 크게 달라졌음을 느꼈다. 그 중심에 유튜버들이 자리하고 있었다.

03_ 좁은 공간 또는 다수의 취재 장소가 존재할 때 타 언론사들과 공동취재하는 방식. 통상 국회, 대통령실과 같은 정부 기관 담당 기자단에서 POOL 취재 방식이 활성화 돼있다.

더불어민주당 이재명 후보 부천 유세 현장 모습

모든 취재 현장이 마찬가지일 테지만 발 디딜 틈 하나 없는 좁은 공간에서의 취재는 자리확보가 매우 중요하다. 이 때문에 다수 인원이 취재하기 어려운 좁은 장소에서의 취재 또는 한 사람이 소화하기 어려운 여러 촬영 포인트가 존재할 때 많은 언론사가 공동취재 'POOL' 방식을 선호한다. 취재 인력은 한정돼 있고 취재할 내용은 많아서 각 언론사끼리 일종의 취재 협약을 맺은 것이다. 이러한 POOL 취재 방식은 각 정당의 언론 담당자도 당연히 알고 있고 그들 역시 선호한다. 이 때문에 POOL 취재 담당 기자에게는 취재 편의를 제공하기도 한다. 예를 들면 촬영하기 좋은 자리를 미리 선점해 제공해주는 것이다. 이러한 편의 덕분에 항상 좋은 자리에서 취재할 수 있었다. 당 소속 후보가 방송에 잘 나오는 것이 그들에게도 좋은 일이기 때문이다. 불과 1년 전인 20대 국회 총선 당시에도 'POOL팀 영상기자'라는 수식어를 붙이면 늘 정 중앙

더불어민주당 이재명 후보 부천 유세 현장 모습

에서 취재할 수 있었다. 당시에도 유튜버들이 없었던 것은 아니었지만 1~2명의 소수였다. 그래서 대수롭지 않게 생각한 것도 사실이다. 그런데 불과 1년 만에 상황이 180도 바뀐 것이다.

다시 부천 유세 현장으로 돌아와서 수많은 인파를 뚫고 포토라인 근처로 갔다. 저 많은 사람 중에서도 중앙에는 내가 설 자리 하나쯤은 마련돼 있을 줄 알았다. 그런데 그곳에 도착해 목격한 것은 빼곡히 중앙 자리를 차지한 10여 명의 유튜버들이었다. 내가 설 수 있는 자리는 그들 옆 사이드 자리뿐이었다. POOL취재라는 것이 내가 못 찍으면 다른 언론사들에도 피해가 가기 때문에 상당한 부담을 안고 취재를 한다. 그래서 어떻게든 그들에게 양해를 구하고 사정을 해봤지만 소용없었다. 당직자에게 부탁해 봤지만, 그들도 난색을 표했다. 순간 몇 해 전 한 기자가 해준 이야기가 떠올랐다. 그의 이야기는 이렇다.

당시 자유한국당 모 의원의 인터뷰를 촬영하기 위해 의원회관에 간 적이 있었다. 인터뷰를 마치고 모 의원은 기자에게 물었다. “국회에 출입할 수 있는 출입증이 하나가 남았는데 이거 드릴까요?” 하지만 출입증이 더 이상 필요하지 않았던 기자는 “저희는 괜찮습니다.”라고 대답을 했다. 그랬더니 모 의원은 우리 당을 지지하는 유튜버에게 줘야겠다고 했다. 이야기를 듣고 모 기자는 질문을 했다. “왜 유튜버들을 챙기시나요?” 그러자 모 의원은 대답했다. “방송 뉴스에는 내가 한정적인 시간에 조금밖에 들어가지 않지만, 유튜브 채널엔 온종일 내 이야기를 알릴 수 있어요.”라고 말이다.

유튜브 채널이 그들에게 있어서 중요한 홍보 수단이 된 것이다. 어쩌면 방송보다 더 효과적으로 자신들을 알릴 수 있는 파급력을 갖췄다고 그들은 판단하고 있어 보였다고 했다.

유튜브 채널에서 윤석열 대선 후보 유세 현장 중계 모습

출처: 신의 한수 캡쳐

유튜브 채널에서 이재명 대선 후보 유세 현장 중계 모습
출처: 이재명 TV 캡쳐

이 이야기를 곱씹으며 하는 수 없이 한 번 더 사정사정한 끝에 한 자리를 만들어 냈고 첫 유세 취재를 무사히 마칠 수 있었다. 이날 앞으로 있을 유세현장 취재가 쉽지 않음을 깨달았다. 기존에는 사진기자, 경쟁사 영상기자들과 경쟁하던 치열한 자리싸움에 더 강력한 경쟁자가 생겨난 것이다. 결국, 국회 영상기자 POOL단에도 변화가 일었다. 그것은 기존에 지상파와 종편으로 나뉘어 있던 POOL단 구성을 합쳐 취재하는 것이었다. 영상기자가 모두 모여 유튜버들과 경쟁하기 위해서였다.

2. 후보들의 곁엔 밀착취재단이 있다

심예지

2022년 지방선거 공식 선거운동의 첫 주말. 각 지역 후보들이 시민들을 만나기 위해 선거운동에 나섰다. 야구 경기를 관람하기도 하고 시장을 찾아가기도 하면서 선거를 10여 일 앞둔 불꽃 튀는 유세전이 밤낮으로 펼쳐지고 있었다. 당시 인천 계양을 후보자였던 이재명 후보도 밤까지 거리유세를 이어가고 있었다. 밤 9시 30분쯤 인도를 걸어가던 이재명 후보 위로 철제 그릇이 날아들었다. 직접 맞지는 않았지만, 충분히 위험한 상황이었다. 술 마시는데 유세 소리가 시끄러워서 치킨 뼈 철제그릇을 던졌다는 남성은 공직선거법 위반혐의로 구속 수사를 받게 됐다. 당시 현장에서 이 모습을 촬영한 카메라는 다름 아닌 바로 '유튜버'들이었다. 각 언론사는 유튜브로 생중계된 이 화면을 출처를 표기해 보도하기 시작했다.

2022년 5월 21일 TV조선 뉴스7에 이재명 TV 유튜브 화면이 방송에 사용됐다.

2022년 대선에서 정점을 찍었다고 생각했던 유튜브의 기세는 그 후에도 멈추지 않았다. 개인방송을 뛰어넘어 정치적으로도 큰 위력을 이미 발휘하고 있었다. 선거 유세 현장에서 일반 유튜브 외에 각 후보 개인 유튜브 채널들을 심심치 않게 볼 수 있었다. 여러 개의 지역에서 동시다발적으로 유세운동이 벌어지고 있기 때문에 POOL 취재를 운영한다 하더라도 방송사에서 커버할 수 있는 취재에는 한계가 있었다. 하지만 해당 후보만을 따라다니는 유튜브 채널은 말 그대로 자는 시간 빼고 아침부터 밤까지 함께하는 밀착취재단이었다. 그래서 위 사건과 같은 돌발상황을 포착한 것도 실시간으로 계속 촬영하는 유튜버들이기에 가능한 것이었다. 영상기자의 카메라는 후보의 모든 순간을 100퍼센트 담지 않는다. 그럴 필요도 없다. 물론 영상기자 앞에 위와 같은 상황이 벌어진다면 당연히 취재하겠지만 그런 상황을 기다릴 수는 없는 노릇이다. 취재 시간과 방송시간의 한계 분명히 있기 때문이다. '모든 순간을 방송할 수 있다.'라는 것이 유튜브가 가진 강력한 무기다. 유튜버들이 의지만 있다면 24시간 모든 순간을 방송할 수 있다. 그리고 이 무기를 정치인들이 적극적으로 사용하게 된 것이다.

"그 어떤 것보다 실시간 생중계 방송이 중요합니다."

2022년 지방선거를 앞두고 이재명 캠프 영상팀에 합류하게 된 한 PD는 '처음에는 후보의 다양한 모습과 공약 같은 것을 다룰 짧은 콘텐츠를 제작할 것'이라 생각했다. 하지만 이재명 후보의 유튜브 채널 '이재명TV'의 메인 일정은 바로 '실시간 생중계 방송'이었다. 좋은 카메라도 편집장비도 필요 없었다. 오로지 스마트폰만 들고 후보의 아침부터 밤까지 함께하며 촬영했다. 생중계 방송을 시작하면 기본적으로 7,000~8,000명의 시청자가 접속했다. 중요한 곳을 가거나 시민들이 많은 유세 현장을 가면 많게는 10,000명에서 13,000명까지의 시청자들이 실시간으로 방송을 지켜봤다. 식사 시간엔 먹방(먹는 방송)이 되고 장소를 이동하는 차 안의 모습에선 후보자가 시청자와 소통하는 시간도 가졌다. 후보자의 일거수일투족 모든 모습이 유튜브 채널을 통해 방송됐다. 이재명 후보는 JTBC와의 언론 인터뷰에서 이런 온라인 생중계 방송을 계속해서 이어가는 이유에 대해 "조작 왜곡 선동으로부터 자신을 보호하기 위해서."라고 말했다. 그러면서 "유세 과정 중에 일어나는 불미스럽게 보일 수 있는 부분들이 편집되어 언론에 보도되기 때문에 그 모든 순간을 담아내는 실시간 생중계 방송이 자신의 알리바이를 증명해주는 효과가 있기 때문."이라고 했다.[04] 그리고 해당 지역 주민들의 열렬한 지지를 받는 모습 등을 통해 시청자들에게 자신을 효과적으로 홍보할 수 있다고 설명했다.

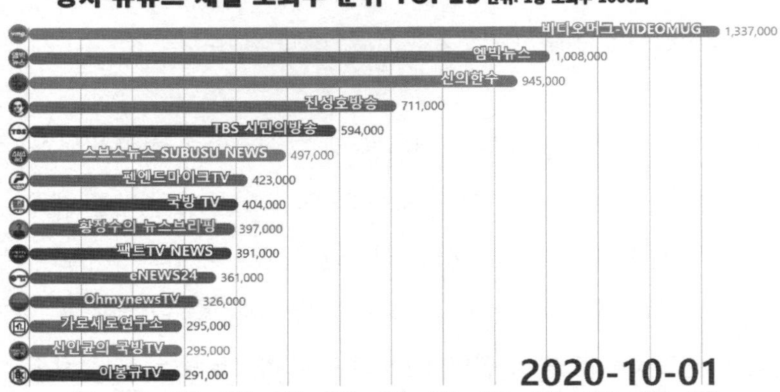

시사 정치 관련 유튜브 채널 순위를 정리한 유튜브 영상 화면
출처: 유튜브 채널 빅데이터

1) 가장 강력한 홍보팀은 이제 유튜브다

선거 후보자들은 한 곳의 장소라도 더 찾아가고 한 명의 시민이라도 더 만나길 바란다. 직접 만나고 얘기하며 자신을 지지해줄 것을 요구하

04_ JTBC 2022. 5. 17. 이재명 "'방탄출마' 지적은 소가 웃을 일…검찰 행태를 경찰이 해." 기사

기 위해서다. 자신이 어떤 사람이고 어떤 정책을 가지고 있는지 적극적으로 유권자들에게 홍보해야 지지를 받을 수 있기 때문에 다양한 방법으로 선거 유세를 펼친다. 방송 리포트는 길면 2분~3분 남짓, 선거기간에는 선거방송 관련 공정성이 굉장히 엄격하게 요구되기 때문에 영상기자들은 더욱 예민하게 취재에 임한다. 연설하는 후보자들의 카메라 앵글[05]이 동일해야 하며 방송되는 인터뷰의 초 단위까지 정확하게 맞출 정도이다. 후보들의 측면에서 보면 온종일 돌아다닌 유세현장이 고작 1분도 채 방송되지 않는 상황에 대해 아쉬울 수도 있을 것이다. 지지자들의 입장에서도 좀 더 보고 싶은 부분을 못 보게 되는 것도 있다. 그런 가려운 부분을 긁어준 것이 바로 '유튜브'인 것이다.

후보를 직접 만나지 않아도 하루 동안 후보가 다니는 현장 곳곳을 볼 수 있다. 실시간 채팅을 통해서 질문을 던지면 방송하고 있는 유튜버들이 현장의 상황들을 자세히 설명해주기도 한다. 방송에선 10초 정도밖에 보지 못하는 연설문을 통째로 들을 수 있다. 다른 연사들의 지지연설도 원하는 만큼 언제든 들을 수 있다. 후보자들 역시 자신을 마

TV조선 뉴스9 / 이재명, 윤석열 후보 모습. 거의 동일한 샷 사이즈 구성으로 편집이 이뤄진다.

05_ 피사체를 향하는 카메라의 위치나 렌즈의 각도

음껏 홍보할 수 있다. 서로에게 윈윈인 셈이다. 이제 선거에 나오는 후보자 중에 자신의 유튜브 채널을 가지고 있지 않은 후보자들을 보기 어려울 정도이다. 그만큼 이미 유튜브의 영향력이 날이 갈수록 커지고 있다는 것을 보여준다.

TV조선 뉴스7 서울시장 선거 유세 오세훈 캠프와 송영길 캠프 유튜브 채널 화면을 뉴스에 사용했다.

3. 유튜브의 뒷그림자

심예지

정해진 시간 내에 현장 모습과 취재원들의 말을 압축해서 시청자들에게 전달하는 전통 방식의 뉴스와 달리 유튜버들은 기존 저널리즘의 형식적인 한계를 뛰어넘었다. 현장 상황을 모두 보여줌으로써 새로운 영역을 개척해 나가고 있는 것이다. 유튜버들은 현장의 모든 상황을 중계하면서 실시간 채팅과 음성을 통해서 이용자들과 끊임없이 소통한다. 기존의 정보전달 방식이 일방적이었다면 이제는 시청자들이 원하는 장면이나 현장의 궁금증을 바로 물어보고 해결할 수 있는 양방향 소통이 가능한 환경을 만든 것이다.

유튜브의 이용률이 점차 높아져 감에 따라 방송사뿐만 아니라 신문 매체들도 자사의 유튜브 채널을 통한 실시간 중계가 많아졌다. 중요 행사가 있는 날엔 인터넷 포털 사이트에 여러 매체의 생중계 실황 섬네일(Thumbnail)[06]이 떠 있는 모습을 어렵지 않게 볼 수 있다. 생중계가 마치는 대로 그 현장 영상을 짧게 편집 재구성한 영상들 또한 금방 업데이

06_ 인터넷 홈페이지나 그래픽 파일의 이미지를 한눈에 알아볼 수 있게 줄여 화면에 띄운 것.

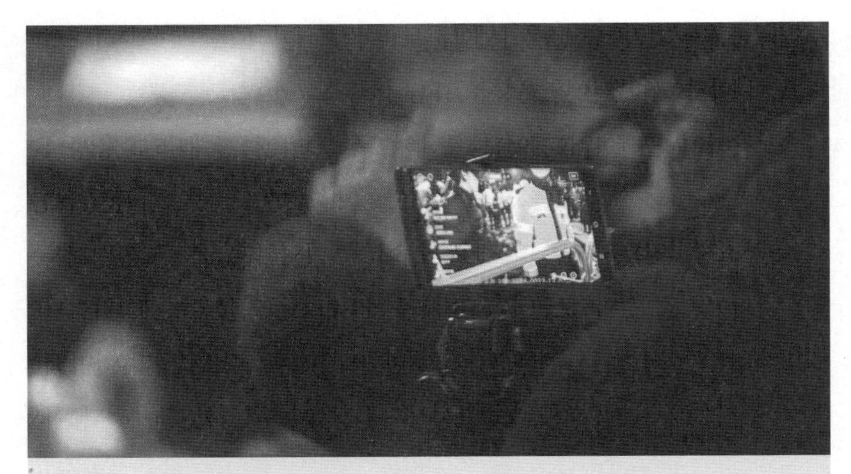

생중계 중인 한 유튜버의 화면, 이용자들의 실시간 채팅이 함께 올라오고 있다.

트된다. 그뿐만 아니라 방송에서 시간상의 문제로 다 다루지 못했던 뒷 이야기나 인터뷰 영상의 풀(FULL) 버전 등 이용자들의 다양한 요구를 충족시키기 위한 콘텐츠들을 제작하고 있다.

1) 유튜브 홍수 속 팩트 체크

2022년 대통령 선거에서 사람들의 관심이 증명하듯 정치, 시사 관련 유튜브 채널들의 구독자와 조회 수뿐 아니라 콘텐츠 생산량도 급격하게 증가하였다. 이러한 현상에 유튜브의 정치 사회적 기능에 대한 다양한 연구보고서들이 나오기 시작했다. 높아진 영향력만큼 유튜브 정치, 시사 채널들이 보여주고 있는 편향성과 선정성에 대한 문제도 끊임없이 제기되어 왔다. 각 채널의 진영 논리를 강화하기 위해 전달된 편향적인 정보들이 정치적 양극화를 이끌고 있다는 비판도 나온다. 언론이 아닌 유튜브 채널은 별도의 방송통신심의에 관한 규정이 없으므로 자유롭게 지지하는 후보자의 홍보 행위가 가능하며, 실명제의 의무도 없다. 정치와 관련해 원하는 정보 습득의 기회를 제공할 수도 있지만, 과도한 경쟁 때문에 확인되지 않는 사실 유포나 과장된 정보 전달 또한 가능한 것이다. '2022 대선미디어감시연대 유튜브 모니터 최종보고서'에 따르면 보수진영이나 진보진영 채널 모두 사실 검증보다 비판 등의 내용으로 구성되는 경향이 두드러지게 나타나 정치적 편향성을 강화하고 있었다고 분석했다.[07] 또 조회 수나 구독자 수를 위한 일부 섬네일 표현이나 시각자료 활용 시 자극적인 경향을 보이기도 했다고 덧붙였다. 유튜브 콘텐츠가 쏟아지는 정보의 홍수 속에서 이를 활용하는 언론사 또한 더욱 세밀한 팩트(fact) 체크가 필요하게 된 것이다.

2) 경쟁의 뒷그림자, 책임은 따라오는가

2020년 12월, 세상을 떠들썩하게 했던 조두순이 출소했다. 아침 일찍 출소할 예정이었지만 세간의 이목이 쏠린 사건이기에 취재진은 전날 밤부터 남부구치소에서 대기했다. 아직 자정이 되지 않은 시간이었지만 이미 많은 취재진이 취재 자리를 잡고 있었고 그 자리에는 다수의 유튜버들도 있었다.

07_ 2022 대선에서 유튜브가 보여준 가능성과 한계(2022. 3. 30.)

조두순 출소 전날 밤 통제 중인 경찰들 주위로 왼쪽 하단에 이미 여러 언론사가 트라이포드와 사다리로 자리를 맡아두고 있었다.

포토라인이 무너진 상황 속 유튜버들

경찰과 유튜버 취재진 사이에 둘러싸인 채 빠져나가고 있는 차량

출소 예정시간은 한참 남았지만 유튜버들은 저마다 시청자들과 소통하며 계속해서 실시간방송을 이어갔다. 한 시민단체의 조두순 출소 반대 시위까지 겹쳐 유튜버들과 시위대, 이를 통제하려던 경찰들과의 충돌이 계속해서 벌어졌다. 출소 시간이 다가오자 분위기는 점점 격앙되었고 일부 유튜버와 시위대가 차량으로 돌진하며 질서유지를 위해 만들어놓은 포토라인이 무너지기 시작했다.

조두순이 관용차량을 타고 구치소를 빠져나온 순간까지도 이미 무너진 포토라인은 다시 지켜지지 않았다. 경찰과 유튜버, 시위대 그리고 취재진이 한데 뒤엉켜 욕설과 고성이 오가는 아수라장이 한동안 지속됐다.

취재현장에서 포토라인은 기자들 간 서로의 원활한 취재와 안전을 위한 최소한의 장치이다. 이런 포토라인이 무너지게 되면 현장의 취재 인원뿐만 아니라 주변에 무관한 시민들에게까지도 피해를 초래할 수 있다. 이 때문에 포토라인을 반드시 지키려고 노력한다. 하지만 일부 유튜버들의 지나친 경쟁으로 인해 포토라인이 무너지며 현장의 질서가 파괴됐다.

이외에도 유튜버의 방송 때문에 여러 피해를 양산하는 경우가 빈번하게 발생한다. 그 이유는 유튜버들에게 구독자와 조회 수가 바로 수익과 직결되기 때문이다.

조두순 출소 다음 날부터 그의 자택 앞에선 유튜버들의 방송 경쟁으로 몇몇 유튜버들은 욕설과 함께 고성을 질렀고, 심지어 의견이 맞지

TV조선 뉴스7 / 조두순 자택 근처로 온 개인방송 진행자들로 인한 주민들의 불편을 보도한 뉴스

않아 싸움도 빈번하게 발생했다. 이 때문에 인근 주민들의 피해가 속출했고 급기야 경찰 병력을 자택 인근 50m 안에 배치하기에 이르렀다. 주민들은 신분증을 제시해야만 동네에 들어갈 수 있었다. 유튜버들이 조회 수와 구독자 수를 늘리는 사이 피해는 고스란히 시민들에게 돌아간 것이다.

유튜브 채널들이 기존의 저널리즘을 대체하는 것도 사실이나 아직은 법적 규제가 없어 그 과정에서 많은 문제점을 초래한다. 언론은 더욱 엄격해진 초상권이나 사생활 침해에 관한 보도윤리를 요구받는다. 하지만 취재현장 전체의 모습을 날것 그대로 방송하는 유튜브는 보도윤리를 지킬 수 없다.

3) 목숨을 건 방송

2022년 9월 제11호 태풍 '힌남노'가 북상했다. 규모가 워낙 큰 태풍이었기 때문에 전국이 비상사태에 돌입했고 태풍의 경로에 인접한 곳들 또한 대비에 만전을 기하고 있었다. 5일 밤 11시 40분경 태풍경보가 발효된 부산 마린시티 방파제 인근에서 한 시민이 스마트폰을 들고 촬영을 하다 거대한 파도에 휩쓸려 약 10m가량을 밀려났다. 이 모습에 신고를 받고 출동한 경찰이 그를 안전한 곳으로 이동시켰다. 셀카봉에 스마트폰을 연결해 방파제를 촬영하던 이 시민은 다름 아닌 유튜버였다. 태풍에 밀려드는 파도를 생중계하기 위해 위험천만한 상황을 연출한 것이다. 태풍 취재 현장에 투입된 영상기자들에게는 여러 번 안전을 위한 공지가 내려온다. 안전모 착용은 물론 위험한 상황에선 최대한 멀리 떨어져 원거리로 촬영하는 등의 재난현장을 대비한 여러 가지 매뉴얼이 만들어져있다. 생생한 영상도 중요하지만 무엇보다 취재진의 안전이 최우선이기 때문이다. 무리한 취재는 당사자뿐 아니라 경찰이나 구조대 등에게도 피해를 끼칠 수 있기 때문에 지양해야 할 부분이다. 하지만 이번 태풍 현장에서 구독과 조회 수를 위해 몇몇 유튜버들이 보여준 자극적인 생중계는 유튜브 생중계에 대한 문제점을 분명하게 보여줬다.

언론의 현장 실시간 중계에는 여러 가지 조건이 필요하다. 이 중에서도 가장 중요한 조건은 누군가의 초상권이 침해되거나 자극적이고 폭력적인 장면이 예상되지 않는 경우다. 만약 조금이라도 위와 같은 상황이 예상되는 경우 실시간으로 송출하여 편집한 뒤 방송에 내보낸다. 최근에는 자살 관련 보도나 모방범죄의 위험성이 있는 보도에 대해서는 더욱 엄격한 잣대를 두고 있다.

취재 현장에서 실시간 방송을 하는 유튜버들의 수가 점점 늘어나고 있고 그들의 경쟁으로 인한 피해도 늘고 있다. 그 피해에 관한 책임은 누가 질 것인지 고민이 필요할 때다.

TV조선 뉴스9 / 한 유튜버가 태풍 '힌남노' 상황을 생중계하다 파도에 휩쓸렸다가 구조되는 모습을 보도한 뉴스

4. 우리의 경쟁력

민봉기

불과 얼마 전까지만 해도 현장에서 만난 유튜버들은 그리 큰 위협이 아니었다. 내 취재에 방해되지 않는다면 굳이 막을 이유도 필요도 느끼지 못했다. 유튜버들의 개인적인 활동일 뿐이라고만 생각했다. 하지만 지난 2022년 대통령 선거 이후 생각이 많이 바뀌었다. 4K의 고화질 촬영이 가능한 스마트폰과 5G 초고속 통신 속도가 그들에게 날개를 달아줬다. 영상기자는 한정된 시간 동안 필요한 모습을 촬영하지만, 유튜버는 한정된 시간 없이 모든 것을 촬영하고 실시간으로 보여준다. 방송에 비치는 모습뿐만 아니라 그 이면, 어쩌면 모든 것이 궁금한 사용자의 니즈를 유튜버들이 충족시켜줬다. 방송도 시청자의 니즈를 충족시켜주기 위해 유튜버가 촬영한 영상을 방송에 사용하기도 한다.

이미 많은 국회의원은 더 이상 방송이나 신문 등 언론매체를 홍보의 유일한 수단으로 보지 않는다. 하고 싶은 말이 있거나 자신을 홍보해야 할 때 SNS와 유튜브를 활용한다. 먼 미래에 기술이 더욱 발전하고 취재 현장에서 더 많은 유튜버, 또는 다른 이름의 생산자들과 마주쳐야 할지도 모른다. 하지만 우리는 우리만이 잘하는 것들이 있다. 앞으로 그것을 더욱 발전시키고 계승해나가기 위해 고민해야 한다.

더 '빠르게'보단 '바르게'

위에서 언급한 바와 같이 우후죽순 늘어나는 유튜버들은 그들만의 경쟁에 빠져 사회적으로 부정적인 요소를 낳고 있다. 구독자는 곧 '돈'이라는 생각에 빠져 더 자극적이고 필터링 없는 영상들을 생산한다면 돈이 '독'이 된다.

영상기자들도 언론사들의 속보와 특종 경쟁에 뒤처지지 않기 위해 많은 노력을 기울인다. 그러나 지나친 경쟁 때문에 중요한 것을 놓칠 수 있다. 지난 2020년 박원순 서울시장 자살사건 현장이 대표적이다. 당시 박 시장의 시신이 흰색 천에 덮여 119 구급대원에 의해 들것에 실려 나오는 영상을 많은 방송사가 여과 없이 방송했다. 물론 약간의 블러 처리를 하긴 했으나 자살사건을 자극적으로 다룬 것으로 시청자에게 불쾌감 유발, 윤리적 감정 및 정서에 영향을 줄 수 있는 모습이다.

이처럼 영상기자는 이미 마련돼 있는 취재 보도 준칙에 따라 취재해야 하고 사회적인 변화에 따라 보도 준칙도 계속 변화하는 만큼 그것에 맞춰 '바르게' 취재하기 위해 노력해야 한다. 그렇게 하면 최소한 시청자들로부터 '신뢰'의 측면에서 외면받지 않을 것이다. TV조선 영상기자들은 자체적으로 보도영상 가이드라인을 발간해 공유함으로써 그 노력을 다하고 있다.

2020년 조선영상비전 영상본부에서 제작한 보도영상 가이드라인

contents

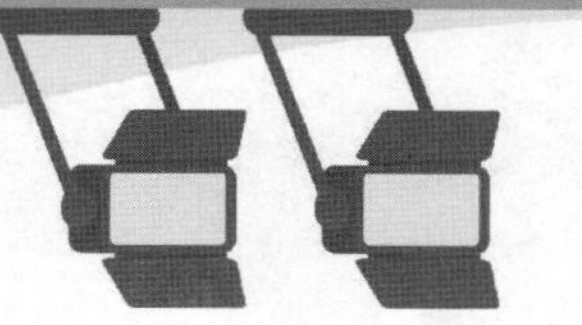
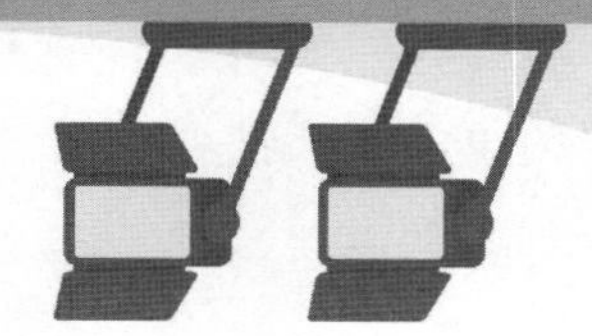

| Part 5 |

심 의

1. 10년의 시간에는 영상취재 '가이드라인'의 변화도 있다

이재익

1) 뉴스영상에 대한 또다른 변화

TV조선이 2011년 12월 1일 개국했으니 올해로 만 10년을 넘었다. 지상파에 비한다면 짧은 기간이겠지만 더욱 나은 리포트와 생생한 현장 중계를 진행하기 위한 과정을 펼쳐보면 나름대로 우여곡절이 많은 소중한 시간이라 생각한다. 그 우여곡절에는 신생 방송사로서 경험이 다소 부족한 면을 뛰어넘으려는 노력에서 기인한 바도 있었고, 각종 디지털 장비가 본격적으로 사용되는 뉴스제작 환경의 변화기였다는 점은 앞선 내용에서 말씀드렸다. 이제는 개국년도에 신입사원으로 들어온 영상기자들도 10년차를 넘었다. 그리고 여느 방송사보다 높은 빈도의 MNG 생중계를 진행하고 핸디캠, 드론을 활용하는 등 뉴스제작 여건의 변화에도 상당히 적응했다고 생각된다. 달리 말하면 뉴스 영상에 필요한 핵심장면을 효과적으로 신속하게 전달하는 데 전념해 온 것이고 좀 더 확장하면 영상기자로서 '국민의 알권리' 충족을 위해 노력한 바라고 본다.

그런데 지난 과정에서 더불어 요구되는 중요한 사항이 바로 '인권 및 사회적 책임'에 부합하는 영상취재였다. 즉 시청자를 위한 '정확하고 신속한 뉴스'를 고민함과 동시에 '인권 및 사회적 책임'을 존중하는 뉴스 영상을 늘 염두에 둬야 한다는 점이다. 방송은 '전파'라는 공공재를 이용해 불특정 다수인 시청자들을 대상으로 하고 있기에 그 파급력이 상당하다. 따라서 그 과정에서 발생할 수 있는 인권 및 사회적 책임을 침해하는 경우를 방지하고자 방송통신위원회가 심의규정을 두고 있다. 그리고 영상기자도 뉴스영상에 대한 심의규정을 준수하고자 노력한다. 다만 심의규정이 시대의 변화와 함께 점차 강화되고 있어, 영상기자들도 더욱 높은 기준을 인지하고 영상취재에 적용하고 있다. 당연히 지금의 뉴스 영상은 과거 10~20년 전과 달라진 것이다.

2) 그때는 맞지만 지금은 틀리다

다음 사례들은 오래전에는 문제가 없었지만 현재 시점에서는 방송할 수 없는 뉴스 영상의 예시들이다. 필자가 직접 경험한 사항 중 기억나는 몇 가지를 말씀드려 보겠다.

사례1) 1997년 뉴스에 투신 소동자가 추락하는 장면이 리포트에 반

복해서 나왔다.

필자는 1996년 말에 입사해서 6개월간의 수습 기간을 거쳤다. 수습 기간에는 책임급 선배로부터 영상기자에게 필요한 덕목과 카메라 촬영에 대한 교육을 받았다. 그래서 기본적인 촬영을 익히게 되면 선배와 동행하여 '현장 취재'를 하는 시간도 있었다. 하루는 영상데스크로부터 서울시 중구 ○○병원의 옥상에 투신소동이 있으니 긴급히 가보라는 연락을 동행하던 선배와 함께 받았다. 차량으로 이동하면서 선배에게 영상취재 시 유의할 점을 들었고, 병원에 도착할 무렵에 경찰차와 소방차량 등을 보고는 긴장했던 기억도 난다. 현장에 도착해보니 10층이 넘는 병원 옥상에서 한 사람이 무언가를 주장하면서 투신소동을 벌이고 있었고 1층에는 소방서가 준비한 대형 에어매트가 깔려있었다. 그런데 곧바로 옥상의 투신 소동자가 아래로 뛰어내렸다. 필자는 카메라 파인더를 보지도 못하고 렌즈를 위로 향했다. 추락한 사람도 매트 위로 떨어져 안전하게 구조되었고, 필자도 그 과정을 풀 샷으로나마 촬영했으니 다행이라 생각했다. 해당 사건의 리포트는 동행한 선배가 편집을 맡았고, 수습사원인 필자는 곁에서 그 과정을 유심히 지켜보았다. 한창 편집을 하던 선배는 추락장면을 연속(한 번은 실제 속도, 두 번째는 슬로우 장면)으로 두 차례 보여주는 게 아닌가! 투신자가 안전하게 구조되었기에 추락과정을 실감 있게 보여줄 수 있다는 선배의 말씀에 그 '감각'을 배우고 싶었다는 기억이 난다. 지금이라면 시청자들에게 충격적인 추락 순간은 보여주지 않겠지만, 당시에는 이러한 장면이 '국민의 알권리'를 위해 필요하다고 여겼던 것이다.

🔍 요즘이라면 옥상에 서 있는 모습 및 매트에서 구조되는 장면 정도로 뉴스 리포트를 제작할 것이다.

사례2) 1990년대에 영상기자는 현장의 작은 혈흔을 놓치지 않으려 했다.

이 경우도 역시 필자가 초년기 시절의 사례다. 당시 사건 사고 현장에는 폴리스라인이 있었지만, 지금에 비하면 '작은 영역'으로 기억된다. 가령 연립주택에서 살인사건이 일어난 경우 현재는 해당 연립주택의 입구에 폴리스라인이 설치되지만, 당시에는 사건 발생 호수 문 앞에 폴리스라인이 설치되는 양상이었다. 혹은 강도 및 폭행사건의 경우라면 현장의 폴리스라인이 없어 사건 현장을 촬영했던 기억도 난다. 그러다 보면 살인사건 현장에서 꽤 많은 혈흔을 촬영하기도 했다. 물론 너무 지나친 장면은 촬영하지 않았지만 약간 정도의 혈흔은 '아웃포커싱'을 활용해 스케치한 후 뉴스를 제작했던 것이다. (참고로 당시에 일반적인 뉴스편집기로 모자이크는 불가능했다.)

필자의 기억 중 하나로 야간당직 근무 중 모텔에서 강도 상해 사건이 있어 취재를 간 적이 있었다. 폴리스라인은 없었고 사건이 일어난 호실 바로 앞에서 현장을 스케치했지만, 특이점이 없어 보였다. 파손된 물건의 파편이나 혈흔이 잘 보이지 않은 것이다.

그래서 혹시나 하고 벽면 여기저기를 자세히 들여다보았더니 지름 1cm 정도의 혈흔 자국을 두어 개 발견할 수 있었다. 큰 사건은 아니지만 나름대로는 현장 취재에 충실했다고 안도하면서 '다음에 이런 현장을 가더라도 자세히 살펴봐야겠다.'라고 혼자 생각했던 기억이 난다. 요즘에는 사건 사고 현장에서 혈흔 및 자극적인 장면은 최대한 배제하기에 위와 같이 작은 혈흔을 찾으려고 할 필요가 없다. 또는 발견하더라도 아예 촬영하지 않는 경우도 많지만 당시의 기준으로는 그 작은 것을 찾아서 보여주는 게 의미 있는 영상취재라고 판단했던 시대였다.

🔍 **요즘이라면, 해당 모텔의 외경**(모자이크 처리 포함) **정도로만 뉴스 리포트를 제작할 것이다. 모텔 내 사고 호실을 촬영할 수도 없을 것이다.**

사례3) 2003년도에 투신으로 사망해 천에 가려진 시신을 뉴스에 보도했었다.

2003년 8월 4일 오전에 세상을 깜짝 놀라게 한 사건이 있었다. H사 J 회장이 본사 12층 집무실에서 투신해 사망한 것이다. 필자는 그 날 당직근무 중이라 긴급히 H사로 향했다. 그런데 필자가 도착해보니 이미 H사의 마당은 폴리스라인과 경찰로 둘러싸인 상태였고, 고인의 투신지점이 어디인지 금방 파악되지 않는 상황이었다. 우선 취재기자가 상황을 파악하는 동안 현장 상황을 간단히 스케치하고 있는데 구급차가 보이기 시작했다. 즉 고인을 모시고 나가는 앰뷸런스를 놓치지 않은 것은 그나마 다행이었지만 투신현장과 수습과정을 담은 취재 영상이 없어 상당히 아쉬워했다. 필자의 주변에 있는 영상기자들도 모두 같은 마음이었을 것이다. 그런데 나중에 보니 그 상황을 단독으로 영상을 취재한 방송사가 있었다. 사고지점이 폴리스라인으로 막혀 접근이 안 되는 걸 파악한 해당 방송사의 선배는 H사를 벗어나 다른 건물의 옥상으로 재빠르게 이동해 사고지점을 촬영한 것이다. 당시 상황의 핵심이라 할 수 있는 그 장면은 다른 방송사에도 제공되었다. 당연히 제공받은 방송사들은 기자 중계와 더불어 하얀 천에 가려진 시신을 수습하는 과정을 그대로 보도했다. 좀 더 세밀하게 말하자면 고인을 앰뷸런스로 옮기는 장면에는 고인의 한쪽 다리와 구두가 그대로 보이기도 했다. 2003년에 볼 수 있었던 이러한 뉴스 영상은 이제는 볼 수 없다. 뒤에 다시 말씀드리겠지만 '자살사건'과 관련해 과거보다 방송심의 규정이 엄격하게 적용되기 때문이다. 2020년도 방송심의 의결에 의하면 자살사건은 시신임을 추정할 수 있는 장면은 보도하지 않도록 규정하고 있다.

요즘이라면, 자살사건의 시신을 혹시 영상취재 하더라도 편집과정에서 제외하고 앰뷸런스가 이동하는 장면 등으로 뉴스 리포트를 제작할 것이다.

3) 변화의 핵심은 인권과 사회적 책임

너무 오래전의 사례라서 읽게 되면 '아! 그런 장면이 있었던가?' 할지도 모르겠다. 아무튼, 뉴스 영상에 대한 심의규정은 이렇듯 변화하고 있는 것이다. 변화의 방향은 '취재원과 시청자들'의 인권과 정서적 보호를 더욱 적극적으로 존중하는 것이다. 과거 10~20년 전에는 현장의 생생한 모습을 전하고 '국민의 알권리' 차원에서도 허용된 장면 중 상당 부분이 '인권과 사회적 책임'의 가치를 높이기 위해 허용되지 않는 것이다. 물론 그에 대한 공적 판단을 하는 기관은 방송통신위원회다. 방송통신위원회의 심의위원회는 뉴스 및 기타 프로그램에 관한 심의규정을 총괄적으로 두고 있는데 제7조를 통해 방송의 공적 책임에 대해 우선 강조하고 있다.

제7조(방송의 공적 책임)

① 방송은 국민이 필요로 하고 관심을 갖는 내용을 다룸으로써 공적 매체로서의 본분을 다하여야 한다.
② 방송은 국민의 윤리의식과 건전한 정서를 해치지 않도록 하여야 한다.
③ 방송은 인간의 존엄과 가치를 존중하고 헌법의 민주적 기본질서를 유지하는 데 이바지하여야 한다. … (이하 중략)
⑧ 방송은 상대적으로 소수이거나 이익추구의 실현에 불리한 집단이나 계층의 이익을 충실하게 반영하여야 한다.
⑨ 방송은 사회적으로 유익한 정보를 제공하고 국민문화생활의 질을 높이는 데 이바지하여야 한다.
⑩ 방송은 다양한 의견과 사상을 적극적으로 다루어 사회의 다원화에 기여하여야 한다.
⑪ 방송은 국민의 알 권리와 표현의 자유를 존중하여야 한다. … (이하 생략)

이후 '제1절 공정성', '제2절 객관성', '제3절 권리침해 금지', '제4절 윤리적 수준', '제5절 소재와 표현기법', '제6절 어린이, 청소년 보호' … 등 심의규정의 주요 항목과 세부적인 사항을 두고 있다. 방송심의위원회는 심의규정을 위반했다고 제기되는 민원에 논의를 거쳐 의결하고 있다. 의결된 내용은 민원을 제기 받은 방송사뿐만 아니라 다른 방송사들도 파악하여 이후 방송 제작에 더욱 주의를 기울이게 되는 것이다.

심의규정이 점차 강화되는 이유는 우리 사회가 '개인(또는 단체) 및 시청자의 권리'를 점차 중요하게 여기는 방향으로 발전해 왔기 때문이라고 본다. 사회 모든 분야에서 개인의 권리를 보호하는 장치는 세밀해지고, 인권에 대한 감수성도 높아지는 만큼 취재원이나 시청자들의 방송에 대한 민감도 또한 증가하는 것이다. 당연히 방송심의규정도 '인권과 사회적 책임'에 점점 무게중심을 두고 있다. 앞서 필자가 전했던 세 가지 사례와 같이 10~20년 전에는 '국민의 알권리' 차원에서 생생한 현장을 전했던 장면이 이제는 인권침해로 해석되어 뉴스영상에서 제외되는 것도 이런 흐름에서 기인한 것이다. 이 과정에서 현장 취재 및 뉴스 보도가 '국민의 알권리'를 충족하는 역할이 제한받고 있다는 우려도 있다. 또한, 최근 기존 미디어 이상의 파급력을 발휘하고 있는 각종 SNS와 동일한 심의규정이 적용되지 않는 형평성 문제가 제기되기도 한다(SNS는 방송심의규정이 아닌 통신규정을 적용한다.). 하지만 방송의 막강한 영향력을 생각한다면 전통적인 방식만 고집하거나 다른 미디어(SNS가 미디어 기능을 한다고 볼 때)보다 불리한 입장이라는 방어적 자세만 취하는 건 발전을 도모하기 어렵다. '국민의 알권리'와 '인권 보호' 사이에 더욱 합리적인 균형점을 찾는 과정으로 보는 게 타당하다고 생각된다.

4) 2011년의 뉴스 영상은 1990년대와는 분명히 달랐다

TV조선 뉴스의 첫 방송은 2011년 12월이다. 필자가 개인적 경험을 말씀드린 사례들보다는 10여 년이 지난 시점이다. 당연히 뉴스 영상의 패턴도 과거와는 이미 다른 면을 가지고 있었다. 그 이유는 다음의 두 가지 요인으로 가능했다고 생각된다.

1. 영상기자들(방송사 공통)의 영상취재(촬영) 방식이 1990년대와 달라졌다.
2. 영상편집부가 비선형편집기(NLE 편집기)를 이용해 모자이크 처리가 용이해졌다.

우선 영상기자들의 촬영방식도 1997년과는 달라져 있었다. 건물 옥상에서 추락해 사망한 사건의 영상취재로 예를 들면 이렇다. 1990년대에는 옥상에서 추락지점을 향한 줌인(Zoom In) 방식을 자주 활용했다. 심지어는 추락하는 이미지를 강조하기 위해 퀵줌인(Quick Zoom In)을 한 후 편집기로 슬로우모션(Slow Motion) 효과를 내는 방법도 흔했다. 하지만 2011년도의 영상기자들은 그런 기법은 사용하지 않았다고 기억된다. 우선 사고 현장에 대한 접근이 힘들어진 면도 있지만 영상기자들도 사망사건에 대해 그와 같은 자극적인 방식을 택하지 말아야 한다고 인식하고 있었기 때문이다. 또 하나의 예를 추가하자면 '재연' 장면보다는 '이미지 영상'이나 취재기자의 스탠드업(Stand-Up)을 활용한 것이다. 예를 들어 절도사건 취재 시 절도범의 행위나 이를 제지하는 과정에 대한 '재연' 장면을 기술적으로 촬영해 뉴스에 활용하는 방식을 1990년

대 뉴스에서는 볼 수 있었다. 하지만 2011년도의 영상기자들은 최소한 '과격한' 장면이 나오는 재연은 삼갔다. 대신에 피해자나 경찰 등 취재원이 설명하는 과정을 촬영하거나 취재기자의 스탠드업으로 설명하는 방식을 취했다. 혹은 영상이 없는 경우는 CG(Computer Graphic)도 간혹 활용했다. CG 제작은 영상기자의 역할은 아니기에 자세한 설명은 않겠다. 다만 방송사들의 CG 활용이 부적합하다는 지적이 있어 현재는 사건 사고 리포트에서 재연성 CG도 거의 볼 수 없다.

다음으로 뉴스 편집 시 촬영 원본에 대한 후반 작업이 용이해진 점이다. NLE 편집기는 기존 아날로그 편집기와 비교하면 각종 효과작업이 매우 용이해졌는데 뉴스제작에 가장 유용한 기능이 모자이크(블러 처리)라고 생각된다. NLE 편집기의 등장 이전에는 편집담당자가 모자이크를 직접 할 수가 없었다. 필요시 다른 부서에 의뢰한 후에 완성된 모자이크 화면을 리포트용 편집본에 끼워 넣는 방식이었다. 따라서 모자이크 처리가 즉시 진행되거나 수정하기 곤란했다. 하지만 NLE 편집기의 등장으로 편집담당자가 직접 모자이크 작업을 비교적 간단하게 처리할 수 있게 되었다. 즉 초상권 보호를 비롯해 자극적인 장면을 순화하는 데 훨씬 유리한 여건이 마련된 것이다. TV조선 뉴스도 개국부터 NLE 편집기를 활용한 건 물론이다.

TV조선 뉴스가 출발 당시 위의 두 가지 요인을 가졌기에 적어도 2000년 즈음보다는 심의규정을 준수하는 데 유리한 면이 있었음은 맞다. 하지만 또 다른 요인 때문에 방송통신위원회로부터 제재를 받은 경우는 생겨났다.

2. TV조선의 방송통신위원회 심의 사례를 돌아본다

1) 2017년 이후 대표적인 제재사항(TV조선 뉴스)

2017년부터 2020년 6월까지 TV조선 뉴스에서 '영상'과 관련된 심의는 10회가 있었다. 그중에서 행정지도는 총 8건(권고 4건, 의견제시 4건)이고 법정제재(주의)는 2건이다. 법정제재는 그 위반의 정도가 가볍지 않아 '주의'를 주는 반면, 행정지도는 상대적으로 위반의 정도가 덜하다고 의결하는 정도로 간단히 이해할 수 있다. 그리고 심의안건의 위반내용별로 본다면 대표적으로 아래 같은 경우들이 있었다.

▶ 위반 내용: 객관성 위반의 경우

[사례 1](영상출처: 영상기자 촬영본 및 자료화면)

일 시	2017년 12월 2일
프로그램명	종합뉴스 7
내 용	○○ 크로스핏 헬스장이 기습폐업을 해 회원들이 피해를 입었다는 내용을 보도하면서 폐업 매장과 관계없는 현재 운영 중인 매장 영상을 노출
관련 조항	방송심의에 관한 규정, 제14조, 제15조 2항
위반 내용	객관성, 출처 명시
심의 결과	행정지도 의견제시

지난해까지만 해도
유명 스포츠용품 브랜드의 이름을 달고 운영해
큰 인기를 끌었던 이곳은
한때 지점이 5개에 달했지만
현재는 1개밖에 남지 않았습니다.

회원 700여명은
폐업소식을
지난 월요일에야 접했습니다.

[사례 1 참조] 행정지도를 받은 장면은 위 그림의 좌측 영상이다. 기사에서 지적한 폐업 매장과 다른 매장이 나와서 객관성을 위반했다는 심의 사항이다. 해당 뉴스는 폐업한 매장의 영상으로 설명해야 시청자들에게 혼동을 주지 않는다는 지적으로 해석된다.

[사례 2](영상출처: SNS 영상)

일 시	2018년 8월 23일
프로그램명	뉴스 특보
내 용	제주도 태풍 상황에 대한 재난방송 중 SNS에 올라와 있는 영상을 활용하는 과정에서 차량 앞유리에 문어와 불가사리가 붙어있는 장면을 사용함- 해당 영상은 수개월 전 다른 지역(중국)에서 나온 영상으로 제주도 태풍과는 연관이 없다는 민원
관련 조항	방송심의에 관한 규정, 14조, 24조의 2 1항 1호
위반 내용	객관성, 재난정보 제공
심의 결과	행정지도 권고

[사례 2 참조] 행정지도를 받은 장면은 위 두 장의 사진이 나온 영상들이다. 해당 보도와 관련이 없는 장면을 사용한 경우다.

[방송심의규정]

제14조(객관성) 방송은 사실을 정확하고 객관적인 방법으로 다루어야 하며, 불명확한 내용을 사실인 것으로 방송하여 시청자를 혼동케 하여서는 아니 된다.

제15조(출처 명시) ② 방송은 보도내용의 설명을 위하여 보관자료를 사용할 때에는 보관자료임을 명시하여야 한다. 다만, 시청

자가 보관자료임을 일반적으로 알 수 있는 경우에는 예외로 한다.

제24조의 2(재난 등에 대한 정확한 정보제공) ① 방송은 「자연재해대책법」 제2조에 따른 재해, 「재난 및 안전관리 기본법」 제3조에 따른 재난, 「민방위기본법」 제2조에 따른 민방위사태 또는 「감염병의 예방 및 관리에 관한 법률」 제2조에 따른 감염병(이하 '재난, 감염병 등'이라 한다.)의 발생을 예방하거나 그 피해를 줄이기 위하여 다음 각 호의 사항에 대한 정확한 정보를 제공하여야 한다(개정 2014. 12. 24., 2020. 12. 28.) 2. 기상 상황 및 기상 특보 발표 내용(자연현상으로 인하여 발생하는 재해 또는 재난의 경우에만 해당한다.)

▶ 위반 내용: 충격혐오감, 범죄묘사의 경우

[사례 3] 충격적인 장면(영상출처: CCTV)

일 시	2017년 12월 27일
프로그램명	뉴스 9
내 용	영업이 끝난 치킨집에서 치킨을 팔라고 행패를 부리다가 종업원을 차로 치고 달아난 사건을 보도하면서 일부 흐림 처리한 CCTV 영상을 반복적으로 노출
관련 조항	방송심의에 관한 규정, 37조 6호
위반 내용	충격혐오감
심의 결과	행정지도 의견제시

서울 송파구의 한 골목길.

남성 둘이 언쟁을 벌입니다.

한 남성이 갑자기 차를 몰고 출발해버립니다.

상대 남성은 충격에 나뒹굽니다.

[사례 3 참조] 행정지도를 받은 장면은 위 그림의 좌측 영상이다. 인명피해가 발생한 사건을 반복해서 묘사해 시청자들에게 충격을 줄 수 있다는 지적이다.

[사례 4] 범죄묘사의 장면(영상출처: 블랙박스)

일 시	2019년 10월 10일
프로그램명	뉴스 9
내 용	취객의 택시기사 폭행 영상을 여과 없이 클로즈업까지 사용하며 보여줌. 얼굴만 흐림 처리했을 뿐 취객이 기사를 끌고 옷을 잡아 뜯는 장면 등을 그대로 내보냄
관련 조항	방송심의에 관한 규정, 38조 1항
위반 내용	범죄 및 약물묘사
심의 결과	행정지도 의견제시

폭행의 강도는
점점 심해지더니

주먹으로
머리를 마구 때립니다.

싸움을 피하려는
택시기사를 쫓아가
주먹을 휘두르기까지 합니다.

[사례 4 참조] 행정지도를 받은 장면은 위 그림의 좌측 영상이다. 차량 블랙박스 영상으로 승객이 택시기사를 폭행하는 과정을 설명하고 있다. 피해자가 당한 폭력적 상황을 설명하는 장면이라 할지라도 옷을 잡아당기는 장면 등은 '정지화면' 등으로 순화해서 노출함이 적합하다는 지적으로 해석된다.

[방송심의규정]

제37조(충격·혐오감) 방송은 시청자에게 지나친 충격이나 불안감, 혐오감을 줄 수 있는 다음 각 호의 어느 하나에 해당하는 내용을 방송하여서는 아니 된다. 단 내용 전개상 불가피한 경우에는 극히 제한적으로 허용할 수 있으나 이 경우에도 표현에 신중을 기하여야 한다(개정 2015. 10. 8.) 6. 범죄 또는 각종 사건·사고로 인한 인명피해 발생장면의 지나치게 상세한 묘사(신설 2015. 10. 8.)

제38조(범죄 및 약물묘사) ① 방송은 범죄에 관한 내용을 다룰 때는 불가피한 경우를 제외하고는 폭력·살인 등이 직접 묘사된 자료화면을 이용할 수 없으며, 관련 범죄 내용을 지나치게 상세히 묘사하여서는 아니 된다(개정 2014. 1. 9.).

▶ **위반 내용: 자살묘사의 경우**

[사례 5](영상출처: 영상기자 촬영본)

일 시	2020년 6월 7일
프로그램명	TV조선 뉴스현장
내 용	정의기억연대가 운영하는 위안부 피해자 쉼터 소장이 자택에서 숨진 채 발견됐다는 내용을 보도하면서, 열쇠 구멍을 통해 자택 내부를 클로즈업해 창문, 의자 등을 영상으로 방송
관련 조항	방송심의에 관한 규정, 38조2 1항,4항
위반 내용	자살묘사
심의 결과	법정제재 주의

[사례 6](영상출처: 영상기자 촬영본), (비고: 뉴스가 아닌 시사프로그램이었음)

일 시	2020년 7월 20일
프로그램명	신통방통
내 용	故 박원순 시장 사망 관련 소식을 전하는 과정에서, 북악산 성곽길에서 다수의 경찰이 하얀 천으로 덮인 박 시장의 시신을 들것으로 옮겨 내려와 구급차에 싣는 모습 등을 일부 흐림 처리하여 방송
관련 조항	방송심의에 관한 규정, 38조2, 27조 제5호
위반 내용	자살묘사, 품위 유지
심의 결과	행정지도 권고

[방송심의규정]

제38조의 2(자살묘사) ① 방송은 자살장면을 직접적으로 묘사하거나 자살의 수단·방법·장소를 구체적으로 묘사하여서는 아니 되며, 사건 현장을 자극적으로 묘사하지 않도록 주의하여야 한다(개정 2019. 9. 23.). ④ 방송은 자살자(자살자로 추정되는 자와 자살 미수자를 포함한다.) 및 그 유족의 인적사항을 공개하여서는 아니 되며, 사생활의 비밀과 자유를 보장하여야 한다.

제27조(품위 유지) 방송은 품위를 유지하기 위하여 시청자의 윤리적 감정이나 정서를 해치는 다음 각 호의 어느 하나에 해당하는 표현을 하여서는 아니 되며, 프로그램의 특성이나 내용전개 또는 구성상 불가피한 경우에도 그 표현에 신중을 기하여야 한다(개정 2015. 10. 8., 2020. 12. 28.). 5. 그 밖에 불쾌감·혐오감 등을 유발하여 시청자의 윤리적 감정이나 정서를 해치는 표현 (전문개정 2014. 12. 24.)

2) 우리만의 '보도영상 가이드라인'이 필요한 이유

이상으로 TV조선의 방송통신심의위원회의 의결 사항 중 대표적인 사례를 보았다. 위반 내용에 따라서 객관성이 없는 경우, 충격적인 장면이나 범죄를 상세히 묘사한 경우, 자살사건 묘사의 경우로 분류된 사항들이다. 그런데 큰 틀에서 본다면 위의 6가지 사항은 부주의 및 확인 체계의 부족을 원인으로 볼 수 있다. 더불어 영상취재 및 뉴스제작 과정에 주의를 기울이긴 했지만 새로운 심의규정이나 강화된 심의 사례와의 충돌을 피하기에는 낡은 방식인 점도 있었다고 생각된다. 종합한다면 뉴스 영상이 심의규정을 더 잘 준수하기 위해서는 각 개인(뉴스 영상 관련자)은 점차 강화되는 심의규정을 잘 인지해야 하고 동시에 조직적으로는 이를 상호 확인하는 체계가 강화됨이 필요한 것이다.

그리고 개인과 조직이 최대한 동일성을 가지기 위해서는 우리만의 '보도영상 가이드라인'을 우선 마련하는 것이 출발점이라고 생각된다. 그 이유는 다음과 같다.

첫째로 방송심의 준수를 위한 가장 필수적인 실행사항을 명확히 공유할 수 있다. 70여 개 조로 이뤄진 심의규정의 핵심은 '인권과 사회적 책임'이라고 본다. 이를 실제 취재현장에 적용할 수 있도록 취재상황별로 가이드라인을 정해 놓으면 영상기자는 취재현장에서 더욱 명쾌하게 판단할 수 있다. 즉 현장에서 심의규정 준수를 위한 '1차 게이트키핑(Gate-Keeping)' 역할에 충실해지게 된다.

둘째로 현장 취재와 심의규정이 충돌할 수 있는 모호한 상황에 대해서 조직적인 판단 또한 용이해진다. 취재현장은 매우 다양하고 변수가 많다. 그래서 때때로 현장의 영상기자들은 고민해야 한다. '이 사건 현장에서 저 장면이 매우 중요한데 혹 심의규정에 위반되는 건 없을까?', '모자이크 없이 깨끗한 화면으로 상황을 잘 전달할 방법이 없을까?' … 등 갈등 상황이 종종 있다. 이런 경우 시간이 허락한다면 보고를 하고 상의하는 책임자가 영상데스크다. 그런데 현장 경험이 많은 영상데스크라도 모든 질문에 늘 신속하고 정확한 판단을 할 수는 없다. 그럴 때 '보도영상 가이드라인'과 같은 명시화된 약속이 있는 게 유용하다. 그러면 영상데스크도 가이드라인에 맞게 또는 더 보수적으로 엄격히 판단해서 지침을 줄 수 있다. 다시 말해 심의규정 준수를 위한 '2차 게이트키핑(Gate-Keeping)'도 강화될 수 있는 것이다.

3) 우리는 모두 게이트키퍼(Gate-Keeper)가 되어야 한다

이처럼 보도영상 가이드라인을 활용해 게이트키핑이 강화되어야 하는 이유도 한번 짚어보려 한다. 많은 이유가 있겠지만 최근 수년간의 뉴스제작 환경을 과정별로 보면 다음의 사항들이 있다. 그리고 하나씩 간단히 살펴보자.

1. 미디어 환경: 미디어 간의 속보 경쟁, MNG 현장 생중계 증가
2. 현장취재: 심의규정의 기준 강화, POOL 취재 증가
3. 영상소스: CCTV, 블랙박스, 스마트폰 등 다양한 영상소스의 등장
4. 제작과정: 긴급한 상황이 잦음, 사전심의 한계성
5. 유통과정: 원소스 멀티유즈 시대, 다양한 방식으로 재생산

먼저 미디어 환경으로 속보 경쟁이 증가하는 여건이다. TV, 신문, 인터넷 미디어 등 매체의 종류와 관계없이 모든 미디어는 기본적으로 '빠

르고 정확하게'를 추구해 왔다. 같은 소식을 전하는데 다른 미디어보다 계속 늦다면 곤란하다. 물론 정확성을 갖춰야 하는 게 기본이므로 '정확하면 빠르게'라고 해야 더 적합할 듯하다. 아무튼 세상과 미디어는 상호작용을 주고받으면서 점점 빨라져 왔다. 미디어가 속보 경쟁을 할 수 있는 1등 공신은 당연히 통신 기술이다. 1980년대 취재기자는 사고 현장 주변의 전화기를 먼저 잡고 기사를 불러주는 게 중요했고 MNG가 생기기 전의 영상기자들은 '오토바이 퀵서비스'를 이용해서 중요한 속보 영상을 방송사로 보내기도 했다. 그런데 지금의 영상기자들은 MNG(Mobile News Gathering) 장비를 활용해 현장에서 바로 영상을 송출할 수 있다. 더불어 각종 사건 사고 현장, 기자회견 등 현장 생중계도 매우 빈번하게 진행하고 있다. 바꿔 말하면 취재한 영상이 즉시 송출되고 빨리 보도하는 만큼 '오류'를 수정할 수 있는 '물리적 시간'이 줄어든다고 볼 수 있다. 그보다 더 위험한 점은 긴급한 발생사고 시 심의규정을 깊이 생각하지 못하고 MNG 생중계를 하는 경우다. 가령, 인질범이 경찰과 대치하고 있는 상황을 인근에서 현장 생중계를 한다면 인질범을 자극하거나 경찰의 대응과정이 인질범에게 노출될 수 있는 위험성이 크다. 이런 경우는 심의규정이 아니더라도 현장의 영상기자와 데스크가 현명하게 판단을 해야 하는데 '속보'라는 관성과 MNG 장비로 생중계할 수 있다는 '기술적 가능 상황'에만 묶인다면 자칫 생중계를 진행할 수도 있는 것이다. 이런 경우에는 현장 취재만 한 뒤에 추후 상황에 맞게 보도를 함이 타당한 것이다.

영상기자와 영상데스크가 우선 게이트 키퍼가 되어야 한다.

두 번째로 현장 취재의 상황이다. 초상권 보호나 객관성, 그리고 충격적인 장면에 대한 지양 등 심의규정이 강화되고 있는 바는 이미 말씀을 드렸다. 거기에 한 가지 주의할 요인을 더하면 POOL취재가 늘어난 점이다. POOL취재는 언론사들이 공통의 취재사항에 대해서 상호 협력관계를 잠시 맺는 방식이다. 예를 들면 한 사건에 대해서 취재 장소 A와 B가 있을 경우 한 곳씩 맡아서 공동취재를 하는 것이다. 이런 방식은 최근 10년 사이에 많이 늘어났다. 언론사들의 수가 증가한 바도 있겠지만, 취재장비의 디지털화로 영상을 공유하기도 매우 편해졌기 때문이기도 하다. 하지만 편안해진 만큼 위험성도 존재한다. 만약 ㄱ 방송사가 A장소를, ㄴ 방송사는 B장소를 취재했다고 하자. 그런데 A장소에서 '모자이크가 필요사항'을 ㄴ 방송사 측의 영상기자에게 전달하지 않았을 경우에 ㄴ 방송사는 심의규정을 위반할 가능성이 크다. POOL 취재의 증가로 인해 심의규정 위반이 증가했다는 객관적인 데이터는 아직 본 적이 없다. 하지만 실무자들의 입장에서는 항시 위와 같은 사례가 나올 수 있다는 점에 주의를 기울이고 있다.

POOL 취재 영상기자는 물론이고 영상편집기자도 게이트 키퍼가 되어야 한다. POOL 취재 영상 중 특이점이 발견되면 취재한 영상기자에게 확인할 수 있기 때문이다.

세 번째로 뉴스 영상의 소스가 매우 다양해진 점이다. 과거 20년 전에는 뉴스 영상의 소스는 거의 영상기자의 촬영본이었다. 제공 영상이라고 해도 일부 기관(소방서, 관공서)의 저화질 영상이었다. 하지만 방송통신장비의 디지털시대가 열리면서 판도는 바뀌었다. 규모를 갖춘 기관이나 기업체는 자체적으로 기록영상을 제작해 방송사에 제공하기도 한다. 그보다 더 큰 변화는 전국에 촘촘하게 세워진 CCTV, 차량마다 녹화 중인 블랙박스, 게다가 전 국민이 보유하고 있는 스마트폰에서 나온다. 영상기자가 없었던 사건 사고 현장을 이들이 괜찮은 화질로 촬영하고 있고 틈틈이 뉴스 영상으로 사용되고 있다. 화재, 태풍 피해, 차량 전복사고 등의 뉴스에 CCTV, 블랙박스, 스마트폰 영상이 뉴스 속보 및 메인뉴스의 첫 장면으로 나온 지는 이미 오래된 일이다. 여기서 주의할 점이 있다. 이상의 장비에서 나온 뉴스 영상 소스는 주로 사건 사고의 내용이기에 '자극적이거나 충격적인' 장면이 많다는 점이다. (TV조선의 심의 사례 중 ▶ 위반 내용: 충격혐오감, 범죄묘사의 경우 사례 3은 CCTV의 영상이고, 사례 4의 경우는 블랙박스 영상이었다.) 게다가 CCTV, 블랙박스, 스마트폰으로 사건 사고를 설명할 수 있는 장면은 다소 짧고 한정적인 경우도 많다. 그렇다 보니 뉴스 영상으로 이용 시 반복해서 보여주거나 확대해서 보여준 장면이 문제가 되기도 한 것이다. 심의규정이 엄격하게 적용되는 상황은 영상기자의 취재 영상이나 이들 제공화면의 사용이나 동일하다.

제공 영상은 영상편집기자가 우선으로 세심하게 확인, 사용함이 필요하다. 또한 영상기자가 CCTV를 현장에서 촬영하는 경우에는 마찬가지로 주의가 필요하다.

네 번째로 뉴스 제작은 시간적 여유가 적은 편이라 사전심의가 완벽할 수 없다는 점이다. 시간적 여유가 적은 이유는 우선 뉴스가 '당일

제작'을 기본으로 하기 때문이다. 더해서 뉴스 아이템은 반드시 시간의 흐름에 맞춰서 선정될 수 없는 점도 있다. 즉 뉴스에 나올 중요 사건이 오전 중에 많이 생겨서 취재하고 오후에는 넉넉한 시간을 두고 기사작성 및 뉴스편집을 진행하는 과정이라 볼 수 없는 것이다. 뉴스가치가 높은 사건 사고는 퇴근 시간 무렵에도 자주 일어난다. 당연히 뉴스 아이템을 담은 '큐시트(Cue-Sheet)'는 하루 중에도 여러 번 수정된다. 방송사의 입장에서는 뉴스 아이템 선정과 기사 하나하나에 정성을 더하려는 노력이다. 이러한 이유 등으로 리포트 제작을 긴급하게 진행하는 경우도 자주 있다. 그러다 보니 뉴스 편집이라는 마무리 과정은 분주하고, 완성된 리포트 전부를 꼼꼼하게 재확인할 시간적 여유는 부족한 것이다. 다시 말해 자체적인 '사전심의'에 최선을 다하지만 우선 시간적인 한계 상황은 분명히 있는 것이다.

🔍 영상기자가 가이드라인에 맞는 영상취재를 하여 현장에서 '1차 심의'를 거치는 점이 우선 필요하다. 또한, 영상편집부의 편집 가이드라인을 통한 '2차 심의'를 거치면서 방송사의 '사전 심의'를 강화할 수 있겠다.

마지막으로, 원소스 멀티유즈(One Source-Multi Use)라는 시대적 변화상이다. 지금은 하나의 뉴스 재료(기사, 사진, 영상)를 다양한 형태로 가공해 유통하는 시대로 향하고 있다. 방송의 경우 과거에는 영상과 기사를 혼합한 '1분 30초 리포트'가 거의 정형화된 전달(사용)방식이었지만, 요즘은 영상(사진)과 자막을 혼합한 동영상 컨텐츠도 적극적으로 생산하고 있다. 또는 사회적으로 큰 관심을 끄는 상황은 방송사의 유튜브 채널을 통해 우선 라이브를 하고 이후에 리포트로 제작되기도 한다. 그리고 이런 변화는 이미 넓은 영역을 가진 디지털 미디어와 플랫폼을 통해서 재생산되는 양상도 있다.

디지털 컨텐츠 생산자(방송계 종사 여부와 무관)가 방송사의 뉴스와 컨텐츠를 차용해 재가공한 내용도 심심치 않게 볼 수 있는 것이다. 이와 같은 흐름을 본다면 영상취재와 영상편집 시의 가이드라인은 더욱 중요하다. 정규편성 뉴스에 1~2회만 방송되는 시대가 아니라 디지털 컨텐츠로 다시 만들어지고 급속도로 확산되는 파급력을 본다면 그만큼 신중함이 필요한 것이다.

영상취재와 영상편집 시 게이트키핑 과정은 디지털 콘텐츠와도 관련되는 시대다.

3. 보도영상 가이드라인을 만들고 이행하다

1) 자체적인 영상취재 가이드라인을 만들고, 전파하다

2020년 가을, 영상취재부는 '영상취재 가이드라인'을 만들었다. 물론 영상취재 가이드라인을 만들기 전에도 영상취재 시 주의사항에 대해서는 기본적인 인식을 하고 있었다. 초상권을 침해하거나 심한 충격과 혐오감을 줄 수 있는 장면을 피하는 점은 물론이고 각종 선거기간에는 후보나 정당 간의 형평성, 공정성을 지켜야 함을 매번 자체적으로 강조하기도 했다. 하지만 2020년에 연이어 발생한 두 차례의 방송심의 사안으로 특별조치가 필요함을 절감하고 결과적으로는 조선영상비전 '보도영상 가이드라인'을 만들게 되었다. 두 차례의 방송심의 사안은 바로 앞서 전한 사례 5와 사례 6의 경우였다.

영상취재 과정 및 방송화면 **[사례 5] 다시보기**(법정 제제 주의 건)

2020년 6월, 일본군 위안부 피해 피해자 할머니들의 쉼터 소장이 사망하는 사건이 일어났다. 현장 취재를 했던 영상기자는 평소 취재방식대로 소장의 거주지 외경과 제거된 열쇠 구멍을 통해 자택 내부의 창문, 의자, 슬리퍼 등을 촬영했다.

☞ *방송화면에는 흐린(모자이크 처리) 영상으로 8초간 방송하였다.*

영상취재 과정 및 방송화면 **[사례 6] 다시보기(행정지도 권고 건)**

2020년 7월, 故 박원순 시장이 북한산 인근에서 사망한 사건이 있었다. 사망 전날부터 행방이 묘연해 경찰의 수색이 진행되었는데 매우 넓은 범위였기에 우리는 타사 영상기자와 POOL(공동)취재를 하였다. 결국, 박 시장은 숨진 채 발견되었다. 경찰들이 하얀 천으로 덮인 시신을 구급차로 옮겼다. 현장의 영상기자가 그 과정을 취재했고 방송사들은 이를 보도했다.

☞ *방송화면에는 흐린(모자이크 처리) 영상으로 방송하였다.*

TV조선은 위 두 건의 경우 모두 취재된 영상을 흐림 처리하는 방식으로 보도했지만, 방송심의위원회의 제재를 피할 수는 없었다. 당연히 영상취재부는 고민하게 되었다. “왜 이런 상황이 생기는가?” “영상기자인 우리는 무엇을 더 생각해야 하는가?” 심의 결과의 크기와 상관없이 고민하게 되었다. 문제의 심각성을 인지한 영상취재부는 부장을 중심으로 TF팀을 구성하여 ‘자살보도 준칙’을 우선 마련했다. (한국 영상기자협회에서 발간한 ‘2020 영상 보도 가이드라인’과 한국 기자협회 ‘자살보도 권고기준 3.0’을 참고하여 제작)

그리고 '자살보도 준칙' 마련에 참여한 영상기자들은 취재 결과물인 리포트는 영상취재와 영상편집, 영상디자인(CG) 등 보도 영상과 관련된 부서들이 함께 논의할 필요성이 있음을 공유했다. 즉, 방송심의규정 준수를 위해서는 취재영상, 그래픽영상, 그리고 이를 최종 완성하는 영상편집이 동일한 목표를 세워야 한다고 본 것이다. 더불어 당시 연이어 심의대상이 된 '자살' 보도에만 한정하지 말고 영상과 관련된 전반적인 준수사항에 대한 점검이 필요하고, 변화된 취재 환경에 맞춘 '가이드라인'을 세워야 한다는 주장도 하였다. 이에 영상취재부, 영상편집부, 영상디자인(CG)부의 부서장을 포함해 각 부서에서 선발된 인원들로 '보도영상 가이드라인' TF팀을 구성하였다. 세 부서의 연합 TF팀은 서로 머리를 맞대고 여러 차례 회의를 했다. 방송심의를 위반하지 않고 영상을 왜곡하지 않는 선에서 보도하는 방법을 연구했고 부서별로 내용을 정리해 조선영상비전만의 '보도영상 가이드라인'을 제작하였다. 영상취재부의 경우는 '자살 보도', '범죄사건 보도', '감염병 보도', '항공영상 취재', '집회 보도', '재난 보도', '선거 보도', '생중계', '관련 부서 커뮤니케이션'의 항목으로 보도영상 가이드라인을 만들게 되었다. 이때가 2020년 10월이다.

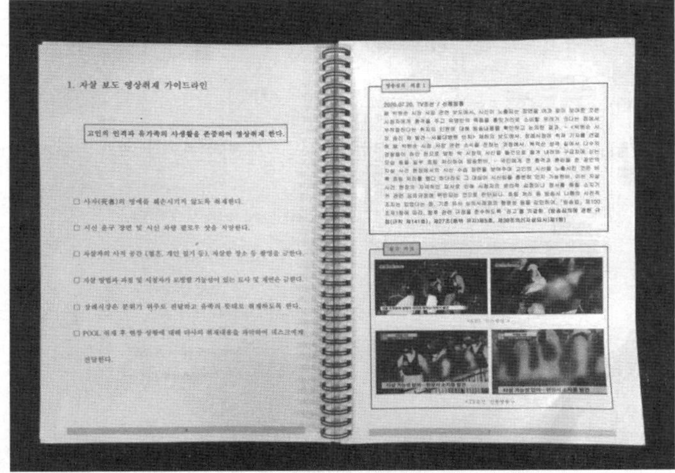

한국영상기자협회의 영상보도 가이드라인과 조선영상비전의 보도영상 가이드라인(위)
조선영상비전의 보도영상 가이드라인의 내부 페이지. 시행 사항 및 심의 규정 위반 사례도 설명(아래)

2) 영상기자와 데스크, 하나씩 더 챙긴다

보도영상 가이드라인을 정한 뒤 영상기자들은 우선 그 시행사항에 따라 영상취재를 하고 있다. 자살보도, 범죄사건 보도 등을 포함해 8개의 항목에 어긋나지 않도록 영상기자들이 현장에서 '1차 게이트키핑'에 더욱 노력하고 있는 것이다. 물론 현장의 영상기자들이 판단하기 곤란한 경우는 데스크와도 상의를 거친다. 그리고 마지막 항목인 '관련 부서 커뮤니케이션'의 시행사항대로 영상편집부와 유기적으로 업무 연락을 진행하고 있다. 이에 대한 몇 가지 실례를 들면 아래의 경우들이 있다.

사례1) 초상권 보호: 취재 영상 중 모자이크가 필요한 사항은 자주 생긴다. 특정 인물이나 개인정보 관련 사항 중 모자이크가 필요한 경우는 우선 영상을 사내 서버에 입력하는 단계부터 표기 및 공지를 한다. 사안에 따라서는 영상편집부와 대면 및 유선 통화로 주의사항을 재차 공유한다.

사례2) 사건 사고의 자극적인 장면: 형사사건을 비롯해 사상자가 발생한 경우에는 혐오·자극적인 장면에 특히 주의를 기울인다. 대표적인 예로 현장에서 혈흔이 많이 보이는 경우는 아예 촬영하지 않는다. 또는 AI(조류 인플루엔자)나 구제역으로 인한 가축 살처분 현장에서도 혐오감을 줄 수 있는 장면은 피하고 방역관계자의 현장 활동 장면을 우선시하고 있다. 물론 위와 같이 현장에서 게이트키핑 과정을 거치더라도 영상편집부와 연락해서 관련 영상에 주의가 필요함을 공유한다. 영상편집부는 촬영 원본이 아닌 제공영상(CCTV나 블랙박스)을 이용하는 경우가 많은데 여기에도 더욱 세심한 주의를 기울이고 있다.

사례3) 드론촬영: 5~6년 전부터 기획리포트는 물론 사건 사고 현장에서도 드론촬영장면은 뉴스에서 자주 볼 수 있다. 원래 드론촬영에는 각종 안전수칙 및 비행허가 등의 제한조건이 있는데 사건 사고 취재 시 갈등의 요인이 되기도 한다. 즉 취재진 입장에서는 항공촬영 영상으로 상황을 더 잘 보여주고 싶은데 제한조건이 아쉽기도 한 것이다. 하지만 보도영상 가이드라인을 만든 후에는 기본 원칙을 지키는 데 확실히 중점을 두고 있다. 대표적인 예로 2022년 1월 광주 신축아파트 외벽붕괴 사고가 그렇다. 30층 이상의 고층에서 발생한 대규모 붕괴사고는 당연히 주요 뉴스로 잡혔다. 그리고 지상에서 촬영한 장면은 붕괴된 상황을 보여주기에 한계가 있어 드론촬영이 꼭 필요한 상황이었다. 하지만 해당 지역이 '비행 제한 구역'인 관계로 비행허가를 받을 때까지 드론 촬영을 하지 않기로 결정했다. 당연히 사건 첫날의 메인 뉴스에는 드론촬영 장면을 사용하지 못했다. 다음 날도 소방청에서 제공한 드론촬영으로 뉴스를 제작했고, 우리가 직접 드론촬영을 한 것은 사흘 뒤 비행 및 촬영 승인을 받은 이후였다. 물론 영상편집부의 데스크와도 그 과정에서 수차례 질문과 답변이 오간 바가 있었다.

3) 영상기자들의 소회

앞서 이야기한 바도 있지만 보도영상 가이드라인을 만들기 전에도 영상취재와 뉴스제작 시 주의해야 하는 점을 영상기자들도 알고는 있었다. 그리고 너무나 다양한 상황을 한 권의 '보도영상 가이드라인'으로 모두 설명할 수도 없다. 하지만 영상기자들의 취재준수사항에 대한 개인차를 줄이고 새로운 심의 사례를 통해 취재 준수사항을 더욱 명확히 하는 데 있어 '보도영상 가이드라인'은 필요하다고 본다.

우리 사의 영상기자들도 가이드라인이 마련된 점에 대해 긍정적인 입장과 더불어 걱정도 여전히 가지고 있다. 즉 예민한 현장 상황에 대해 영상취재를 해야 할지 말아야 할지 고민했던 바를 해소해준 측면이 긍정적인 입장이라면 기존보다 영상취재의 범위가 줄어든 측면에서는 여전히 걱정이 있는 것이다.

"비행기 추락사고 현장에서 구조대가 사망자를 이송하는 상황이 있었는데 전과 달리 그 장면은 영상취재를 하지 않았다. 심의규정도 생각이 들었다."

– 영상기자 C

"드론촬영이 필요한데 비행 가능 구역의 경계선이면 과거에는 고민이 되었지만 이제는 데스크에 보고하고 과감히 포기한다."

– 영상기자 S

"가이드라인이 있기 전에도 혈흔은 가급적 피하고 있었는데 이제는 더욱 신경 쓰고 있다. 그리고 간혹 상황재연을 해야 할지 고민하는 경우가 있었는데, 그것도 자극적인 영상이 될 수 있다는 생각에 하지 않고 있다."

– 영상기자 H

"사건 사고 현장에서 혈흔이나 위협감을 줄 수 있는 건 스케치를 하지 않으려고 한다. 그런데 이 상황이 맞는지 간혹 의문이 들기도 한다. 만약 내가 스케치하지 않은 장면이 나중에 그 사건의 중요한 단서가 될 수 있다면 일단 스케치를 해두고 편집에는 빼는 게 맞는 거 아닌가 싶다."

– 영상기자 L

"가이드라인을 지키는 게 필요한 건 알겠는데 그러면 촬영할 게 너무 제한되는 경우가 있어 고민이 된다. 어떤 경우는 건물 외경 말고는 촬영할 게 없는 경우도 있다."

– 영상기자 L

'국민의 알권리'를 위한 보도와 '취재원의 인권과 방송의 사회적 책임'의 관계는 변화하고 있다. 지금의 기준으로 보자면 과거에는 '국민의 알권리'를 다소 우선시했지만, 점차 '인권과 사회적 책임'이 강조되고 있다. 그 과정에서 심의규정도 강화되고 취재 가이드라인도 높아지고 있는 건 사실이다. 이러한 큰 흐름에 관여하고 있는 영상기자들의 고민은 앞으로도 계속될 거라 본다. '무엇을 어떻게 촬영해야 좋은 영상이 될까?'라는 영상기자들의 연구에는 심의규정과 준수사항도 동반해야 되는 것이다. 그러면 '인권과 사회적 책임'을 놓치지 않으면서 '국민의 알권리'에도 충실한 보도영상에 한 걸음 더 다가갈 수 있을 거라고 본다.

contents

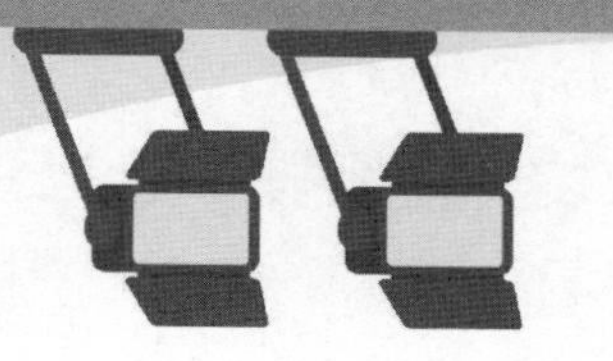
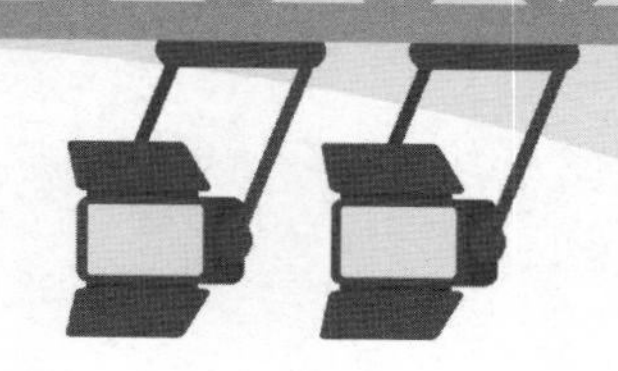

|부 록|

영상취재 가이드라인

1. 자살 보도 영상취재 가이드라인

고인의 인격과 유가족의 사생활을 존중하여 영상취재한다

- 사자(死者)의 명예를 훼손시키지 않도록 취재한다.
- 시신 운구 장면 및 시신 차량 팔로우 샷을 지양한다.
- 자살자의 사적 공간(혈흔, 개인 집기 등), 자살한 장소 등 촬영을 금한다.
- 자살 방법과 과정 및 시청자가 모방할 가능성이 있는 묘사 및 재연은 금한다.
- 장례식장은 분위기 위주로 전달하고 유족의 뜻대로 취재하도록 한다.
- POOL 취재 후 현장 상황에 대해 타사의 취재내용을 파악하여 데스크에 전달한다.

방송심의 의결 1

2020. 07. 20. TV조선 / 신통방통

故 박원순 시장 사망 관련 보도에서, 시신이 노출되는 장면을 여과 없이 보여준 것은 시청자에게 충격을 주고 유명인의 죽음을 흥밋거리로 소비할 우려가 크다는 점에서 부적절하다는 취지의 민원에 대해 방송내용을 확인하고 논의한 결과, – 〈박원순 시장 숨진 채 발견…서울대병원 안치〉 제하의 보도에서, 장례식장에 취재 기자를 연결해 故 박원순 시장 사망 관련 소식을 전하는 과정에서, 북악산 성곽 길에서 다수의 경찰들이 하얀 천으로 덮힌 박 시장의 시신을 들것으로 옮겨 내려와 구급차에 싣는 모습 등을 일부 흐림 처리하여 방송한바, – 국민에게 큰 충격과 혼란을 준 공인의 자살 사건 현장에서의 시신 수습 장면을 보여주며 고인의 시신을 노출시킨 것은 비록 흐림 처리를 했다 하더라도 그 대상이 시신임을 충분히 인지 가능한바, 이는 자살 사건 현장의 자극적인 묘사로 인해 시청자의 윤리적 감정이나 정서를 해칠 소지가 커 관련 심의규정에 위반되는 것으로 판단되나, 흐림 처리 등 방송사 나름의 사전적 조치는 있었다는 점, 기존 유사 심의사례와의 형평성 등을 감안하여, 「방송법」 제100조 제1항에 따라, 향후 관련 규정을 준수하도록 '권고'를 의결함***(방송심의에 관한 규정(규칙 제141호)」제27조(품위 유지) 제5호, 제38조의 2(자살묘사) 제1항).***

방송심의 의결 2

2020. 06. 07. MBN / MBN종합뉴스

〈마포 쉼터 소장 자택서 숨진 채 발견〉 제하의 보도로, 정의기억연대(이하 '정의연')이 운영하는 서울 마포구 소재 위안부 피해자 쉼터 소장 손 모 씨가 전날 밤 자택에서 숨진 채 발견됐다는 소식을 전하면서, 소장 자택의 현관 자물쇠 제거로 생긴 열쇠 구멍을 통해 자택 내부를 클로즈업해 의자, 슬리퍼 등을 촬영해 보여주고(약 7초),– 기자가 "신고를 받고 출동한 소방대원들은 불러도 인기척이 없자 이렇게 강제로 출입문을 개방하고 안으로 들어갔습니다."라고 언급하면서 열쇠 구멍을 가리키고 카메라가 이를 통해 자택 내부를 보여준 후(약 2초), 경찰은 A씨가 극단적인 선택을 한 것으로 추정된다고 밝혔고, 소장이 최근 검찰의 쉼터 압수수색에 괴로워했으며, 검찰은 정의연 고발 사건과는 무관하다고 선을 그었다는 내용 등을 전하면서, 열쇠 구멍을 통해 자택 내부를 클로즈업해 의자, 내부 전경 등을 촬영해 보여주는 영상을 방송(약7초)한 것에 대해 '주의'를 의결함***(방송심의에 관한 규정(규칙 제141호)」제27조(품위 유지) 제5호, 제38조의 2(자살묘사) 제1항).***

방송심의 의결 3

2020. 05. 21. 목포 MBC / 뉴스데스크

기사 제목에 '자살'이라는 단어를 사용하고, 자살 방법과 장소를 구체적으로 언급 노출하였으며, 생존여성과 사망자, 유가족에게 미칠 영향 등을 고려하지 않아 부적절하다는 취지의 민원에 대해 방송 내용을 확인하고 논의한 결과,– 〈남녀 3명 동반자살 시도··2명 사망〉 보도에서, "해남의 하천 다리 밑에 주차된 차량에서 30~40대로 보이는 남녀 3명이 동반자살을 시도해 남성 2명이 숨졌습니다,""해남군의 다리 밑 공터에 승용차 한 대가 주차되어 있습니다.", "3명 모두 병원으로 이송됐지만 남성 2명은 숨졌고 여성은 의식을 되찾았습니다. 승용차 뒷좌석에서는 타다만 번개탄 2장이 발견됐습니다,""구조된 여성은 차량에서 번개탄을 피웠다고 경찰에 진술했습니다. … 창문 틈새마다 테이프가 붙여져 있습니다."라고 언급하는 내용 등과 함께,– 하천 근처에 주차되어 있는 차량을 보여주며 '해남군 삼산면 어성천 어성교 둔치'라고 자막으로 표시하는 장면, 차량 내부의 대시보드 상단에 청테이프가 붙여져 있는 모습 및 차량 뒷좌석에 놓여 있는 연탄화덕, 차량 외부에 놓여 있는 연탄 2장, 차량 앞좌석에 놓여 있는 알루미늄 포일 등을 근접 촬영하여 보여주는 장면 등을 방송한바,– 자살 관련 보도에서 자살 장소 및 자살의 수단, 방법 등을 구체적으로 언급하거나 노출한 것은 관련 심의규정을 위반한 것으로 판단되나,– 표현의 수위 및 기존 유사 심의 사례와의 형평성 등을 감안하여, 「방송법」 제100조 제1항에 따라, 향후 관련 규정을 준수하도록 '권고'를 의결함***(방송심의에 관한 규정 제38조의 2(자살묘사) 제1항).***

2. 범죄사건 보도 영상취재 가이드라인

과도한 범죄 정보 노출은 자제하며
영상취재한다

· 사건 현장 및 특정 인물의 신분을 노출되지 않도록 한다.

ex) 음식점 내에 사건이 발생한 경우 내부의 식탁이나 의자 등 Close-up 위주로 촬영

ex) 신분증, 명찰, 신체 특징 등이 특정되지 않게 촬영

· 스마트폰 등을 이용한 비밀 촬영, 비밀 녹취 등의 행위를 금한다.

· 범죄수법을 추측할 수 있는 도구와 재연 영상 및 스탠드업은 금한다.

· 범죄와 관련 없는 사람의 인권 침해 및 재산 피해가 발생되지 않도록 주의한다.

방송심의 의결 1

2020. 02. 24. YTN / 뉴스특보 COVID-19

경기도 내 신천지 관련 시설에 대해 보도하면서, 민원인이 해당 시설에 대해 언급하는 내용을 동의 없이 촬영해 음성을 변조하지 않고 방송하여 사생활을 침해했다는 취지의 민원에 대해 방송내용을 확인하고 논의한 결과, - 동 프로그램의 〈경기 도내 신천지 시설 강제 폐쇄·집회도 금지〉 제하의 보도에서, COVID-19 확산 방지를 위한 조치로 경기도에 있는 모든 신천지 관련 시설이 폐쇄된다는 소식을 전하는 과정에서, '경기도 수원시 팔달구에서 신천지 관련 시설이 비밀리에 운영되어 왔으며, 주로 중·고등학생이 드나들었다'는 기자의 언급에 이어, "(주변 건물 관리인)중고생이더라고요, 중고등학교 하얀 와이셔츠 같은 교복 입고 왔다 갔다 하고 조용해요, 시끄러운 거 하나도 없어요."라는 인터뷰 내용을 별도의 음성 변조 처리 없이 방송한바, - COVID-19 사태와 관련해 신천지에 대한 부정적 인식이 강한 상황에서 신천지 시설 인근 주민의 인터뷰 장면을 사전 동의 없이 촬영하고, 해당 촬영 영상을 사용 하며 당사자의 음성을 여과 없이 방송한 것은 당사자의 인격권을 침해할 소지가 있다는 점에서 관련 심의규정에 위반되는 것으로 판단되나, 위반의 정도와 유사 사례와의 형평성 등을 감안하여, 「방송법」 제100조 제1항에 따라 향후 관련 규정을 준수하도록 '권고'를 의결함***(방송심의에 관한 규정(규칙 제141호) 제19조(사생활 보호) 제3항)***.

방송심의 의결 2

2019. 09.04 YTN / YTN24

당사자의 동의 없이 촬영한 영상을 방송하여 초상권을 침해했다는 취지의 민원에 대해 방송내용을 확인하고 논의한 결과, - 서울시가 오래된 가게를 대상으로 역사와 서비스를 기준으로 선정한 '오래가게'를 소개하는 〈'백년가게'로 가는 서울시의 '오래가게'〉 제하의 보도에서, '오래가게'로 선정된 한 카페를 소개하는 과정에서, 특정인이 커피를 마시며 지인들과 대화하는 모습(약 4초)을 방송한바, - 사전 동의 없이 촬영한 영상을 모자이크 처리 등 적절한 조치 없이 방송한 것은 당사자의 초상권을 침해할 소지가 있다는 점에서 관련 심의규정에 위반되는 것으로 판단되나, 장소와 상황, 방송 내용을 고려할 때 민원인의 초상이 방송에서 부정적인 이미지로 사용되지 않은 점, 의도성 없는 방송제작 과정상의 단순 부주의로 보이는 점 등을 감안하여, 「방송법」 제100조제1항에 따라 향후 관련 규정을 준수하도록 '의견제시'를 의결함***(방송심의에 관한 규정(규칙 제123호) 제19조(사생활 보호) 제2항)***.

방송심의 의결 3

2019. 04. 09. SBS / SBS8 뉴스

'해피벌룬'이라는 마약 은어를 검색하는 장면과 이를 통해 거래가 가능하다는 점을 보도하여, 시청자에게 마약 거래에 대한 호기심을 불러 일으키고 모방 범죄를 유발할 수 있다는 민원에 대해 방송내용을 확인하고 논의한 결과, - SNS 등을 통한 마약 거래 실태를 보도하며, "(기자) 마약류 관련 은어를 검색 사이트에 치자 판매 경로가 여기저기 뜹니다. 24시간 영업, 총알 배송 등 마약류 매매가 불법이 맞는지 의심스러울 정도로 적나라한 광고들이 즐비합니다."라고 언급하며, '필로폰 전문''24시간 연중무휴''총알배송' 등이 표시된 인터넷 검색화면을 보여주는 장면, - "(기자) 상황은 SNS도 마찬가지. 지난 2017년부터 환각 물질로 지정된 아산화질소, 이른바 해피벌룬은 아예 사용 인증사진까지 올라와 있습니다."라고 언급하며, 스마트폰을 통해 '해피벌룬'을 검색하는 장면을 보여주는 장면,- "(온라인 마약 거래 목격자) 한 몇 백 개 정도 보내 달라고 하더라고요. 퀵서비스로 검정 봉지에 작은 통 같은 거 수백 개 정도가...제가 들었던 거는 휘핑 가스랑 대마초, 코카인..."이라고 언급하며, '휘핑 가스 판매''100개 7만 원''130개 8만 원' 등이 표시된 인터넷 화면을 보여주는 장면 등을 방송한 것은,- 스마트폰을 통해 은어를 사용하여 환각 물질을 검색하는 장면과 거래방식, 휘핑 가스 가격 등을 노출하는 등 시청자에게 마약 또는 환각 물질 사용에 대한 모방을 유도하거나 동기를 유발할 수 있어, 관련 심의규정에 위반되는 것으로 판단되나,- 마약 거래에 대한 경각심을 고취하기 위한 공익적 목적의 보도라는 점과 기존 유사 심의 사례와의 형평성 등을 감안하여,- 「방송법」 제100조 제1항에 따라, 향후 관련 규정을 준수하도록 '권고'를 의결함*(방송심의에 관한 규정 제38조 (범죄 및 약물묘사) 제2항)*.

3. 감염병 보도 영상취재 가이드라인

감염인과 가족의 개인정보를 보호하며
영상취재한다

· 감염병 발생 지역에서 취재 시 반드시 안전이 확보된 상황에서만 한다.

ex) 감염인을 대면 취재하지 않는다.

· 감염인 및 가족들의 신상정보에 관한 보도는 주의하여 취재한다.

· 감염인에 대한 영상을 보도할 경우 감염인 동의 없이는 사용하지 않는다.

· 가축 질병 관련 취재 시 자극적인 영상취재를 지양한다.

ex) 가축 살처분, 매몰 현장 등

참고 기사

2020. 01. 31. '연합뉴스 보도 사진'

격리된 우한 교민 사진 찍었던 연합 "사생활 침해 맞다"

외부 인사들로 구성된 연합뉴스 수용자권익위원회에서 연합뉴스의 COVID-19 기사에 대한 비판이 나왔다.

뉴스통신진흥회는 지난달 열린 수용자권익위 회의 내용을 최근 공개했다. 위원들은 진천 국가공무원 인재개발원에 격리 중인 우한 교민들의 숙소 생활을 담은 연합뉴스의 사진 보도가 사생활 침해라고 입을 모았다.

연합뉴스는 "창밖 내다보는 우한 귀국 교민 어린이" "우한 교민 잠 못 드는 밤" "귀국 후 격리 우한 교민들, 운동·빨래도 각자 방 안에서만" 기사를 통해 교민들의 생활 모습을 찍었다.

(중략)

연합뉴스 관계자는 "의도와는 다른 논란을 낳는 측면이 발생했기에 더는 노출하지 말자는 차원에서 기사에 매핑된 사진에 대한 매핑 차단조치를 했다. 어린이 사진의 경우 포털에서 검색되지 않도록 추가 조치를 취했다.

4. 항공영상 취재 가이드라인

항공안전법을 준수하여
드론 영상취재한다

· '안전'을 최우선으로 고려하며, 충분한 사전 교육과 연습비행을 통해 드론 영상 취재에 임한다.

· 관련 기관의 승인 없이 비행금지 구역에서는 드론 취재를 금하며, 필요한 경우 사전에 관련 기관의 허가를 받는다.

ex) 인파 위에서의 직접적인 항공촬영을 금한다.

· 감염병이 발생한 지역에서 바이러스가 전파될 위험성이 있을 경우 드론 영상 취재에 주의한다.

· 화재나 재난현장에서 구조 및 복구 작업에 지장이 되는 드론 취재를 금한다.

· 개인의 인권 및 사생활이 침해될 수 있는 드론 취재는 금한다.

ex) 아파트 창문 촬영 및 개인주택 정원 등

방송심의 의결 1

2019. 09. 17. 연합뉴스 TV / 뉴스워치 1부

방송사가 비행금지구역인 파주시 연다산동 일대에서 비행 및 촬영 승인을 받지 않고 무단으로 드론을 운용 및 촬영하여 방송하였다는 관계기관의 심의 요청에 대해 방송내용을 확인하고 논의한 결과, – 〈돼지열병 첫 발생…위기경보 최고 단계·가축 이동중지〉 제하의 보도에서, 취재 기자와의 현장 연결을 통해 어제 파주 돼지 농장에서 폐사한 돼지 5마리가 아프리카 돼지열병으로 확인되었다는 사실 등을 전달하는 과정에서, 아프리카 돼지열병이 발병한 양돈 농가와 주변 전경 등을 초경량비행장치(드론)를 이용해 상공에서 촬영하여 방송한 것은, 비행금지구역에서 초경량비행장치(드론)를 사용하여 비행 또는 촬영할 경우 별도의 승인을 받아야 함을 규정하고 있는 「항공안전법」등 관계 법령을 준수하지 않은 것이라는 점에서, 관련 심의규정에 위반되는 것으로 판단되나, – 해당 보도 내용의 공익적 취지 및 위반의 정도, 드론 촬영으로 관련 심의규정을 위반한 최초 사례인 점 등을 감안하여, 「방송법」 제100조 제1항에 따라, 향후 관련 규정을 준수하도록 '권고'를 의결함***(방송심의에 관한 규정(규칙 제123호) 제33조(법령의 준수) 제1항).***

방송심의 의결 2

2019. 09. 29. MBC / MBC 뉴스데스크

야간 드론 촬영은 국토부의 허가를 받아야 하는 사항임에도 허가 없이 야간에 집회 현장을 촬영한 영상을 방송하여 「항공안전법」을 위반하였다는 취지의 민원에 대해 방송 내용을 확인하고 논의한 결과, – 〈국정농단 촛불집회 이후 최대 인파 모였다〉 보도에서, 서초동 검찰청사 앞에서 열린 검찰개혁 촛불집회 관련 소식을 전하며, 집회 현장을 초경량비행장치(드론)를 이용해 야간에 비행하며 촬영한 영상을 방송한 것은, – ( ) 비행할 경우 국토교통부장관의 특별비행승인을 받아야 함을 규정하고 있는 「항공안전법」등 관계 법령을 준수하지 않은 것이라는 점에서, 관련 심의규정에 위반되는 것으로 판단되나, – 위반의 정도 및 기존 유사 심의 사례와의 형평성 등을 감안하여,– 「방송법」 제100조 제1항에 따라, 향후 관련 규정을 준수하도록 '권고'를 의결함***(방송심의에 관한 규정 제33조(법령의 준수) 제1항).***

5. 집회 보도 영상취재 가이드라인

균형감 있게 영상취재한다

· 집회 참가자의 인권 및 초상권에 유의하여 취재하도록 한다.

· 과격한 구호 및 자극적인 현수막은 취재에 신중을 기한다.

· 다양한 목소리를 내는 단체집회 보도 시 기계적 균형감을 유지하도록 한다.

ex) 집회 참가 규모는 최대한 동일한 앵글로 촬영한다.

ex) 취재에 암묵적으로 동의한 연사 및 시민 외에는 그룹 샷 위주로 취재한다.

방송심의 의결 1

2017. 02. 04. JTBC / 뉴스룸

당일 광화문 광장의 촛불집회와 청계광장의 대통령 탄핵 반대 집회가 동시에 개최되었음에도 불구하고, 관련 내용을 보도하면서 탄핵 반대 집회 소식을 비중 있게 다루지 않았고, 사람이 거의 없는 탄핵 반대 집회 장면만을 방송한 것은 편파적인 보도라는 민원에 대해 방송 내용을 확인하고 논의한 결과,

"(앵커)예, 서울 이외 지역에서도 오늘 지금 현재 집회가 열리고 있는데 시민들이 어디에 얼마나 모였습니까?" "(기자) (중략) 일단 주최 측은 7시 30분 기준으로 서울광화문 광장에만 연 인원 35만 명이 모였다고 밝혔습니다. 현재까지 지역별로의 인원집계는 나오지 않았는데요. (중략)"라고 언급하는 내용,

– 이어, "(앵커)예, 오늘 친박 단체들이 주도한 탄핵 반대집회도 열렸죠," "(기자)예, 박사모 등 친박 단체도 오늘 오후 대한문과 청계광장에서 집회를 열었습니다. 청와대 압수수색을 시도한 특검을 규탄하고 대통령을 옹호하는 발언이 이어졌습니다. (후략)"라고 언급하는 내용 등을 방송한 바,

– 대통령 탄핵 찬반 집회 소식을 보도하면서, 양측의 입장을 균형 있게 반영하지 않은 내용을 방송한 것은 관련 심의규정에 위반되는 것으로 판단되나,– 보도 내용의 구성 등은 방송사의 재량 범위에 속한 것으로 볼 수 있는 점과 위반의 정도 등을 감안하여,

–「방송법」 제100조제1항에 따라 향후 관련 규정을 준수하도록 의견을 제시함*(방송심의에 관한 규정 제9조(공정성)제2항).*

6. 재난 보도 영상취재 가이드라인

인명구조와 재난수습에 방해되는
영상취재는 지양한다

· 감염병 발생 지역에서 취재 시 반드시 안전이 확보된 상황에서만 한다.

ex) 안전모, 기자임을 확인할 수 있는 의상 등 착용

· 일반인 출입이 제한된 곳에서의 취재 시 해당 현장관계자와 협의한다.

ex) 재난 구조 지역, 치료시설, 임시대피소 등

· 동의하지 않은 취재로 사상자와 실종자 등의 그 가족들의 명예를 훼손하여서는 안 된다.

ex) 희생자나 부상자의 모습을 취재할 때는 자극적인 부분의 클로즈업을 금한다.

· 이재민에 대한 영상을 보도에 활용할 경우 이재민 동의 없이는 사용하지 않는다.

· 사회적 혼란을 가중시키지 않게끔 사실관계를 확인하여 정확한 영상 취재를 한다.

방송심의 의결 1

2019. 04. 04 KBS / KBS뉴스특보

강원도 고성·속초 등지의 산불 관련 재난특보 방송 중 현장연결 장면에서, 강릉에 있는 취재기자가 산불현장인 고성에 있는 것으로 언급하는 장면을 방송했다. 방송심의소위원회는 "산불 특보를 전하며 사실과 다른 내용을 방송한 것은 신속하고 정확한 정보를 제공해야 할 재난방송 주관방송사로서의 사회적 책임을 망각한 것"이라고 지적하고 향후 재난방송 시 보다 유의할 것을 요청했다.

'법정제재'(해당 방송프로그램의 관계자에 대한 징계)를 의결하고 전체회의에 상정하기로 결정했다.

7. 선거 보도 영상취재 가이드라인

언론의 공정성에 부합하게 객관적으로 영상취재한다

· 선거 취재는 특정 정당과 후보에 편향되지 않도록 균형감 있게 취재한다.

ex) 동일한 앵글로 각 후보의 선거 유세를 취재한다.
ex) 특정 후보만 호감적인 표정, 프로필 영상취재 등을 지양한다.

· 유세 장소 취재 시 군중 규모나 반응은 당시 최대치를 반영하여 취재한다.

ex) 후보자 연설 취재 시 풀샷보단 그룹샷 위주로 취재하도록 한다.

· 취재기자 스탠드업 시 특정 정당 및 후보에 유리할 수 있는 장소 및 의상을 금한다.

ex) 남기자 넥타이 색, 여기자 옷 색깔 등

· 군소정당 후보의 선거 유세도 영상취재 한다.

· 선거 보도 이외의 취재 시 선거 벽보, 플래카드가 화면에 노출되지 않도록 유의하여 취재한다.

8. MNG, 생중계 보도 영상취재 가이드라인

언론 윤리에 부합하는 영상취재를 한다

· 생중계 중 발생할 수 있는 돌발 상황에 대비해 점검한다.

- 생중계 연결 현장에서 LTE 송수신 상태, MNG 배터리, 음향 등 확인
- 카메라 워킹 시 동선을 미리 파악하여 미리 위험요소 감지할 것
- 부조정실과 커뮤니케이션을 통해 연결상태가 원활한지 확인

· 생중계 시 주의사항을 생중계 연결 전 명확하게 인지한다.

ex) 사건, 사고 현장의 시신, 장소, 도구, 혈흔 등 잔인한 장면은 중계하지 않는다.

ex) 개인정보를 유추할 수 있는 상황은 중계하지 않는다.

· 선거 중계 시 특정 정당과 후보에 편향되지 않도록 균형감 있게 중계한다.

ex) 후보자 화면 분할 중계 시 사전에 담당 영상기자와 소통을 통해 앵글과 사이즈를 맞춘다.

9. 관련 부서와의 커뮤니케이션

관련 부서와의 철저한 크로스체크를 실행한다

· 논란이 될 수 있는 취재영상은 '사용주의 요망' 문구를 메타 데이터에 상세하게 기입하고 관련 부서와 크로스체크 한다.

- 해당 영상은 데스크와 상의 후 인제스트 여부를 결정한다.
- 시사프로그램이나 메인뉴스 등에서 자료화면이나 리포트로 재가공 되는 것을 방지한다.

· POOL 취재 시 영상취재 가이드라인 관련 주의사항이 있을 경우 정확히 파악하여 타부서에 전달한다.

ex) MNG 송출 및 웹하드 업로드 영상

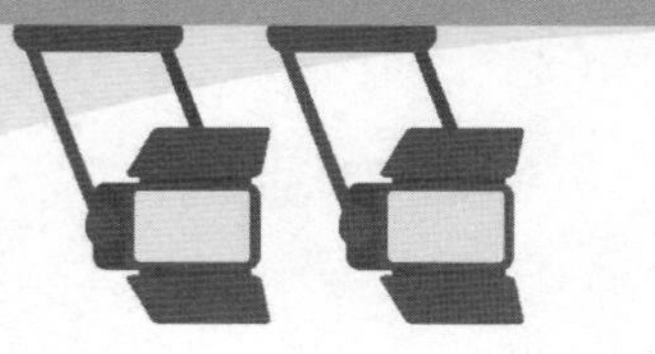

참고 문헌

국내 문헌

· 이승선 (2017) "영상취재·보도영역의 신기술 활용과 인격권 침해문제 - 드론·모바일폰·블랙 박스·CCTV를 중심으로 -". 〈미디어와 인격권〉, vol. 3, no. 2, 통권 4호 pp. 1~38. 서울: 언론중재위원회.

· 박상현·김성훈·정승화 (2020) "유튜브 정치·시사 채널 이용이 정치사회화에 미치는 영향". 〈한국콘텐츠학회논문지〉, 제20권 제9호, 224~237쪽

· 최진응 (2020) "유튜브 선거운동의 법적 규제 현황 및 개선 과제" 〈이슈와 논점〉 제1687호. 서울: 국회입법조사처.

· 유승현·박만수·곽은아·김범준 (2022) "2022 대선에서 유튜브가 보여준 가능성과 한계" 〈2022 대선미디어감시연대 유튜브 모니터 최종보고서〉

· 김연주 (2019) "수술실 CCTV, '91%'에 담긴 진실은?". KBS 2019. 6. 2. https://news.kbs.c o.kr/news/view.do?ncd=4213337&ref=A

· 허유진·권순완 (2019). "[단독] 이용구 법무차관, 택시기사 욕설…폭행…경찰, 내사종결로 끝내" 조선일보 2020. 12. 19. https://www.chosun.com/national/2020/12/19/AEBHQDN2AZGRZEL26HJVPWIW7Y/

· 허유진·권순완 (2020) "[단독] '택시기사 왜 때렸나?' 기자가 묻자... 이용구 '무슨 소린지?'" 조선일보 2020. 12. 20.

https://www.chosun.com/national/2020/12/20/YA4DLIELSFDQ7OSMK65HDJX6BE/

· 조용석·문명석·최성진 (2017)."LTE망을 이용한 마라톤 생방송 프로그램 제작에 관한 연구" 〈한국위성정보통신학회논문지〉, 2017, vol. 12, no. 2, 통권 33호 pp. 15~20(6pages) 서울: 사단법인 한국위성정보통신학회

· JTBC (2022) [단독인터뷰] 이재명 "'방탄출마' 지적은 소가 웃을 일 … 검찰 행태를 경찰이 해." JTBC 2022. 5. 17. https://news.jtbc.co.kr/article/article.aspx?news_id=nb12059287

· 김남희 (2022) "세계 드론 점유율 1위 中 DJI, 美 제재에 소프트웨어 접근 막혔다" ChosunBiz 2022. 3. 15. https://biz.chosun.com/international/international_economy/2022/03/15/D5AEVGI4JBAJPCKLUR5BVHRSZA/?utm_source=naver&utm_medium=original&utm_campaign=biz

· 방송통신심의위원회 종합편성·보도채널 심의의결 현황: 2018년 3월, 2018년 10월, 2020년 5월, 2020년 9월

· 방송통신심의위원회 지상파방송 심의의결 현황: 2019년 7월, 2019년 12월, 2017년 3월, 2019년 5월

〈항공안전법 시행규칙〉

제2조(항공기의 기준) 「항공안전법」(이하 '법'이라 한다.) 제2조 제1호 각 목 외의 부분에서 '최대이륙중량, 좌석 수 등 국토교통부령으로 정하는 기준'이란 다음 각 호의 기준을 말한다.

1. 비행기 또는 헬리콥터

가. 사람이 탑승하는 경우: 다음의 기준을 모두 충족할 것

1) 최대이륙중량이 600킬로그램(수상비행에 사용하는 경우에는 650킬로그램)을 초과할 것

2) 조종사 좌석을 포함한 탑승좌석 수가 1개 이상일 것

3) 동력을 일으키는 기계장치(이하 '발동기'라 한다.)가 1개 이상일 것

나. 사람이 탑승하지 아니하고 원격조종 등의 방법으로 비행하는 경우: 다음의 기준을 모두 충족할 것

1) 연료의 중량을 제외한 자체중량이 150킬로그램을 초과할 것

2) 발동기가 1개 이상일 것

2. 비행선

가. 사람이 탑승하는 경우 다음의 기준을 모두 충족할 것

1) 발동기가 1개 이상일 것

2) 조종사 좌석을 포함한 탑승좌석 수가 1개 이상일 것

나. 사람이 탑승하지 아니하고 원격조종 등의 방법으로 비행하는 경우 다음의 기준을 모두 충족할 것

1) 발동기가 1개 이상일 것

2) 연료의 중량을 제외한 자체중량이 180킬로그램을 초과하거나 비행선의 길이가 20미터를 초과할 것

3. 활공기: 자체중량이 70킬로그램을 초과할 것

제5조(초경량비행장치의 기준) 법 제2조 제3호에서 '자체중량, 좌석 수 등 국토교통부령으로 정하는 기준에 해당하는 동력비행장치, 행글라이더, 패러글라이더, 기구류 및 무인비행장 치 등'이란 다음 각 호의 기준을 충족하는 동력비행장치, 행글라이더, 패러글라이더, 기구류, 무인비행장치, 회전익비행장치, 동력패러글라이더 및 낙하산류 등을 말한다. (개정 2020. 12. 10., 2021. 6. 9.)

1. 동력비행장치: 동력을 이용하는 것으로써 다음 각 목의 기준을 모두 충족하는 고정 익비행장치

가. 탑승자, 연료 및 비상용 장비의 중량을 제외한 자체중량이 115킬로그램 이하일 것

나. 연료의 탑재량이 19리터 이하일 것

다. 좌석이 1개일 것

2. 행글라이더: 탑승자 및 비상용 장비의 중량을 제외한 자체중량이 70킬로그램 이하로써 체중이동, 타면조종 등의 방법으로 조종하는 비

행장치

3. 패러글라이더: 탑승자 및 비상용 장비의 중량을 제외한 자체중량이 70킬로그램 이 하로서 날개에 부착된 줄을 이용하여 조종하는 비행장치

4. 기구류: 기체의 성질·온도 차 등을 이용하는 다음 각 목의 비행장치

   가. 유인자유기구

   나. 무인자유기구(기구 외부에 2킬로그램 이상의 물건을 매달고 비행하는 것만 해당한다. 이하 같다.)

   다. 계류식(繫留式)기구

5. 무인비행장치: 사람이 탑승하지 아니하는 것으로서 다음 각 목의 비행장치

   가. 무인동력비행장치: 연료의 중량을 제외한 자체중량이 150킬로그램 이하인 무인비행기, 무인헬리콥터 또는 무인멀티콥터

   나. 무인비행선: 연료의 중량을 제외한 자체중량이 180킬로그램 이하이고 길이가 20미터 이하인 무인비행선

6. 회전익비행장치: 제1호 각 목의 동력비행장치의 요건을 갖춘 헬리콥터 또는 자이로 플레인

7. 동력패러글라이더: 패러글라이더에 추진력을 얻는 장치를 부착한 다음 각 목의 어느 하나에 해당하는 비행장치

가. 착륙장치가 없는 비행장치

나. 착륙장치가 있는 것으로써 제1호 각 목의 동력비행장치의 요건을 갖춘 비행장치

8. 낙하산류: 항력(抗力)을 발생시켜 대기(大氣) 중을 낙하하는 사람 또는 물체의 속도를 느리게 하는 비행장치

9. 그 밖에 국토교통부장관이 종류, 크기, 중량, 용도 등을 고려하여 정하여 고시하는 비행장치

· 서일수 (2022) 『드론 무인비행장치 필기 한 권으로 끝내기』 경기: 시대고시기획

· 한창환 (2019) 『항공우주산업기술동향』 17권 1호. pp. 21~31

· 홍승범 (2016) 『중국 DJI 기술수준 분석』, 한국항공우주연구원

외국 문헌

· Guilmartin, John F, '무인 항공기', 브리태니커 백과사전, 2022년 8월 31일, https://www.britannica.com/technology/unmanned-aerial-vehicle.

우리는 도전을 즐겼다

펴 낸 날 2022년 12월 12일

지 은 이 박관우, 이재익, 조상범, 한용식, 민봉기, 김동효, 윤영철, 권기범, 심예지
펴 낸 이 이기성
편집팀장 이윤숙
기획편집 윤가영, 이지희, 서해주
표지디자인 이윤숙
책임마케팅 강보현, 김성욱
펴 낸 곳 도서출판 생각나눔
출판등록 제 2018-000288호
주 소 서울 마포구 잔다리로7안길 22, 태성빌딩 3층
전 화 02-325-5100
팩 스 02-325-5101
홈페이지 www.생각나눔.kr
이 메 일 bookmain@think-book.com

• 책값은 표지 뒷면에 표기되어있습니다.
ISBN 979-11-7048-497-4(03600)

* 이 책은 **방일영문화재단**의 지원을 받아 저술·출판되었습니다.